NO QUISIMOS SER SOLDADOS

EDITORIAL CÁNTICO
COLECCIÓN · DOBLE ORILLA, NARRATIVA
DIRIGIDA POR RAÚL ALONSO

cantico.es · @canticoed

Suscríbete a nuestro blog en
Medium @canticoed

Editorial Cántico
Parque Logístico de Córdoba
Carretera de Palma del Río, km. 4
14005 Córdoba

ISBN: 978-84-10288-29-4
Depósito legal: CO 1627-2024

Impresión y encuadernación:
Imprenta Luque S.L.

FRANCISCO JAVIER OLIVAS

NO QUISIMOS SER SOLDADOS

EDITORIAL CÁNTICO
COLECCIÓN DOBLE ORILLA, NARRATIVA

SOBRE EL AUTOR

Francisco Javier Olivas (Pinos Puente, 1985) es licenciado en Biología, psicólogo general sanitario y psicoanalista en formación. Reside en Málaga y trabaja en el ámbito de las ciencias marinas. Su primera novela, *El tercer lobo* (Ediciones Cívicas, 2017), aborda de manera central el proceso de aceptación de la propia homosexualidad. En *La memoria prestada* (Egales, 2020), se adentró en una temática tan poco visible como la violencia intragénero. En 2023 publicó su primera obra lírica, *Sonetos del amor luminoso*, con la editorial Algorfa. Posteriormente ha publicado *El olvido de todos* (Esdrújula, 2024) y *No quisimos ser soldados* (Cántico, 2024). Según Olivas, su objetivo como escritor es crear historias con protagonistas que estén fuera de la heteronormatividad y empaparlas de grandes dosis de compromiso social.

A la comunidad *queer*.
Al amante georgiano.
A mi amigo ALB.

«Uno se enamora cuando hace el amor,
la carne es la única playa que tienen las almas».

MARGARET MAZZANTINI,
Esplendor

1

No podría enamorarme de un tío cuya polla no me resulte fascinante. Y la tuya, tu enorme polla, con la curvatura perfecta para adentrarse en mi garganta, me provoca tal fascinación, pero tal jodida fascinación que, durante aquellas putas semanas del placer que te concediste, apreté los dientes al imaginarme a otras personas metiéndosela en la boca. Sabía que no podía pedirte nada, que rogar exclusividad en los tiempos de las relaciones líquidas me retrataba como un pobre pueblerino andaluz con vestimentas, modos y gestos de Bernarda Alba. Un hombre amargado que pedía —que ordenaba sin fuerza— encierro. El encierro de tu cuerpo. Yo sabía que no podía articular semejantes palabras, ¿cómo iba a pedirte que fueras solo mío? Acepté las condiciones a pesar del dolor. Acepté las intermitencias de tu cuerpo, puesto que solo así disfrutaría de tu carne: en intermitencias.

Tu cuerpo. Ausencia. Tu cuerpo. Ausencia. Tu cuerpo. Ausencia.

Qué hijo de puta.

Las horas de aquel tiempo me resultaron imperecederas. Yo te veía en redes, al inicio del verano —cuando el calor ya era fiero—, sonriendo, coqueteando con todo el mundo, y me dedicaba a odiarte, a destruirte en mi mundo interior. Deseé que te trataran mal, quizás para que el efecto contraste te empujara hacia mi ternura. Hacia el placer sumiso y fiel que yo podía darte. Que yo quería darte.

Nunca he terminado de entender la fijación oral contigo. O quizás sí. ¿Reminiscencias de un primer amor? Aunque aquel amor significara admiración. Y admiración, a su vez, humillación. Qué modo tan perverso de trenzar esas tres palabras. Y me sublevo al reconocerme encontrando algo de la repetición, algo de similitud entre lo que tengo ahora contigo y lo que soporté en el pueblo hace, no sé, ¿cuánto tiempo ha pasado? ¿Veinte años? Joder. Veinte años ya. Cuando tomo consciencia del paso del tiempo me asusto. Ya mismo nos morimos, decía mi primer novio. Ay, el pueblo. Qué distante queda. Dos décadas lejos de ese lagarto caliente y blanco de cal, asfixia y mutismo en el que crecí. Entre campos de olivos, monte bajo tapizado de romero, esparto, piornos y piedra caliza. El pueblo del tiempo robado. El de la catequesis, la vergüenza y la culpa. Aunque también fue el pueblo de la salvación. Qué injusto si pienso que todo fue terrible allí. No es verdad. Pero será mejor no pensar en él ni en lo que sucedió. Tampoco en el primer hombre, el primer macho, porque me ahogo y, puestos a revivir aquel ahogamiento, prefiero recrearme en la asfixia que me provoca la tranca gruesa y arqueada que tienes. Sí, es mejor que vuelva a ti mientras espero. Prefiero volver a tu rabo.

¿Hay algo que me provoque mayor disfrute que sentirme atravesado por tu miembro? El modo de sujetarme la cabeza, de empujar hasta que el glande llega tan adentro que cuando te corres solo puedo notar las convulsiones de tu polla y un líquido caliente deslizándose por mi esófago. Te detesto cada vez que lo haces porque solo me permites saborear un cierto amargor en la parte final de la lengua. Sí, siempre has sido un gran cabrón al negarme disfrutar del dulzor de tu corrida. No me gusta descargar en la entrada de tu boca, dijiste. Me encanta sentir que entra del todo, notar que está rodeada de carne. Te la suelto en la garganta. Me pone mazo, me explicaste la primera vez que protesté. Yo callé. Tan sumiso siempre ante tu poder fálico.

Si no recuerdo mal, solo en el primer encuentro me ungiste con la hemorragia blanca de tu entrepierna. Solo esa vez no terminó en mi estómago—. El resto de veces, acepté —y deseé— alimentarme de ti, de tu hombría. Qué cosas digo, ¿verdad? Como si no llegara a ser un hombre, como si me faltara algo para considerar que lo soy y tuviera que recurrir a una fuente de alimentación externa para completarme. Otra vez el pueblo. La imagen del pueblo desde la carretera se impone frente a mí cuando me oigo decir estas palabras. Fue allí donde aprendí de qué iba esto de ser un hombre fallido. Un medio hombre.

Vuelvo al sexo oral. Duele menos. Además, continúo en este lugar, en esta silla de plástico blanco. Es dura e incómoda. Estos asientos destrozan a cualquiera después de algunas horas ocupándolos. Espero y espero. Y mientras lo hago, detesto la iluminación mortecina de esta sala, su olor sintético, la vibración que emite el fluorescente que tengo justo encima de la cabeza y una quietud enfermiza que solo se ve interrumpida por el desplazamiento de las puertas automáticas cuando otras personas entran y salen. La mayoría de la gente que hay aquí está acompañada, aunque se habla poco. Será porque es tarde. A poca distancia de mí hay una mujer que me recuerda a alguien, pero no sé a quién. Siendo este el escenario grisáceo que observo desde hace algunas horas, no tiene nada de extraño que esté pensando en chupártela y en que eres el mejor follabocas que he conocido. Cuando me recreo en nuestra oralidad, me excito y mantengo a raya la ansiedad. Debe de ser eso. Son dos sistemas nerviosos que se contraponen, los de la ansiedad y la excitación sexual: la presencia de uno anula la del otro. Lo leí en algún portal de psicología. Pero no somos solo sexo. Dos hombres como nosotros no podríamos permanecer juntos solo por unos cuantos polvos de cierto nivel. Bueno, sí, tienes razón, el sexo nos mantiene en una proximidad sofocante porque no hemos dejado de buscarnos con avidez durante los últimos siete meses. Adoramos devorarnos. O más bien adoro devorarte, porque tú, hace unos días —o unas horas, a saber; el impacto de tus palabras ha provocado en mí la pérdida de la noción del tiempo—, ya te ocupaste de quebrarme la calma, una fina membrana que tengo entre las costillas y el paladar, al pronunciar una frase monstruosa.

Acabo de contar las palabras. Siete meses juntos. Siete palabras. Curiosa coincidencia, ¿no? De tu boca salieron siete soldados que están acabando con mi imperio. Empresa fácil si se tiene en cuenta que soy un emperador de talco. Me desmorono en el interior de una fortaleza de viento y arena cada vez que resuena en mi interior lo que te atreviste a decirme.

Eres un hijo de puta.

Un hombre libre.

A

Espera sentado en una silla barata de plástico de color negro —el reverso del anterior esperar— cuando el hombre que lo vigila desde hace rato camina hacia él con paso sereno. ¿Por qué?, pregunta y permanece de pie, a su lado. No hay respuesta. La cabeza apenas se mueve, sigue orientada hacia el suelo para contener la rabia, como si la inmovilidad de los músculos impidiera el desbordamiento de la furia que lo constituye. No responde. ¿Qué podría explicar, si ni tan siquiera él conoce bien el motivo?

Las palabras del patriarcado se han clavado durante años en la carne, desde que era un niño, de modo que ahora tiene la apariencia de un mamífero disfrazado de reptil. Una cubierta durísima de escamas linguales —vocablos del odio— lo recubren de un extremo a otro. El resultado es siniestro. El proceso fue lento, imperceptible. No obstante, quedan restos de ternura bajo las láminas de lenguaje paterno. Quizás esto explique el lugar en el que se encuentra ahora.

Posición de espera. No le han aclarado cuál es la situación, aunque se la imagina, porque no es la primera vez que se ve en circunstancias parecidas. También sabe que mantenerse en silencio es la mejor estrategia; que, si comete alguna torpeza al contestar, lo dicho podría ir en su contra. Así que los labios no se mueven. La boca no se abre.

Tienes que esperar aquí, han dicho. Tienes que esperar. Y él se ha limitado a callar.

I

Acaban de correrse. No hablan. El turista mantiene los ojos cerrados para que la vergüenza no le salga a borbotones de entre los párpados. El anfitrión, que reposa a su lado en la cama, también intenta retener una sustancia extraña en el interior del cuerpo —son dos hombres fuente—. El dueño de la casa sí tiene los ojos abiertos y observa el techo de la habitación. Busca las palabras en inglés para decir que tiene la necesidad de ir un momento al baño. No va a explicar que no suele hacer de pasivo, que nota una sensación desagradable entre las piernas y que le incomoda el discurrir de un fluido —debe de ser el lubricante— hacia el exterior del orificio que el extranjero ha invadido, como cuando se conquista la frontera de un país, durante no más de cinco minutos. Ha sido un polvo casi tan rápido como la conversación previa en la aplicación de citas.

—Necesito solo un minuto —dice y se levanta en dirección al cuarto de baño.

El amante asiente con un ligero movimiento de cabeza, abre los ojos y los vuelve a cerrar, pero la lentitud del gesto permite que la vergüenza se derrame y empape las sábanas. Las pestañas son las compuertas abiertas de una presa que no soporta el peso del encuentro. Ojos eyaculadores de rubor.

El agua también corre en una estancia próxima, se pierde por el sumidero del bidé mientras el sodomita limpia la cueva de carne con delicadeza. Sigue molestándole, doliéndole, ha debido de sangrar. El placer se encuentra en los bordes del cuerpo, pero el dolor también reside en el mismo lugar.

Esto me pasa por quedar con otro activo, se dice. También se pregunta por qué lo ha hecho y si compensan estos encuentros tan fugaces, tan urgentes. ¿Es esto lo que quiero?, reflexiona. En esta ocasión, ha terminado haciéndose una paja mientras el invitado se apresuraba a quitarse el condón tras eyacular y eso le ha parecido triste, un leve espasmo de soledad, a pesar de la proximidad del otro. Quiere la frescura de los cuerpos nuevos, pero se da cuenta de que no siempre puede esperar de ellos el mejor sexo.

Es guapo, exótico, tiene un físico que me atrae y una polla que puedo soportar, se consuela, se justifica. No sabe su nombre, algo habitual en el consumismo desbocado de hombres y mujeres en el que está atrapado desde hace unos días. Desde hace unas semanas, más bien. El sexo le permite alejarse de la angustia, no sentir el vacío de su cuerpo. Tampoco entiende muy bien qué le ocurre ni el motivo de tanto desasosiego. Sí sabe que cuando queda para follar con personas de las que no sabe nada puede lidiar con el caos interno.

Coge una toalla limpia del armario, se seca con mimo las nalgas y regresa a la habitación. El intruso permanece con los ojos cerrados, por lo que aprovecha para observarlo: no debe de tener más de treinta años, una edad similar a la suya y, sí, le resulta muy atractivo. La belleza del este. Piel blanquísima y labios rojos. ¿Será ruso?, se cuestiona. Se concede unos segundos para formular la pregunta en inglés, para pensarla mientras regresa a la cama. Los idiomas no son lo suyo y sabe que tiene un marcado acento español al hablar, pero logra la comunicación con gran eficacia, consigue el lazo entre el otro y él. Quizás eso sea lo único importante.

Se olvida de la vergüenza por el acento y hace uso de la altanería que lo caracteriza. Inicia una conversación que será interrumpida en cuanto el tipo se apresure a vestirse para dejar claro que lo que acaba de ocurrir solo obedece a la necesidad de saciar una pulsión. Nada más.

—¿De dónde eres, tío?

—Georgia.

El significante se desdobla en dos espectros en el interior de su cabeza, aunque no tarda mucho en decidirse por uno de ellos. No es muy probable que esté hablando del estado de Georgia de los Estados Unidos, aunque podría ser el hijo de una familia migrante del este. Apuesta a que se refiere al país exsoviético. Los idiomas se le daban mal en el instituto, pero en geografía era el mejor.

—¿Tiflis? —pregunta, y sonríe al recordar que el nombre de la capital del país le recuerda a una combinación entre tifus y sífilis.

—Vivía en la capital, pero me mudé a una ciudad más pequeña.

—¿Y estás aquí por trabajo o por placer?

—El trabajo me permite encontrar un lugar para el placer —cree entender que dice el amante georgiano, aunque no comprende la construcción sintáctica.

—¿Qué quieres decir?

No hay palabras en la respuesta, tan solo un brazo en movimiento, una cobra que se eleva en el aire en cuanto el encantador de serpientes retira la tapa del cesto de mimbre que la contiene. El antebrazo gira cerca de su rostro y le ofrece el dorso de la mano. El dorado de un anillo en el dedo índice queda a la vista.

—¿Tienes pareja?

—Estoy comprometido.

—¿Con un hombre? —pregunta, porque se olvida de que su realidad no es la realidad de todos los hombres que tienen sexo con hombres, y la carcajada del otro llena de miedo la habitación.

El metal de la alianza deja de brillar porque la mano se oculta con rapidez detrás de la espalda, contra el colchón, como una criatura asustadiza ante un ruido amenazante.

—Con una mujer.

2

No quiero perderte.

No podría soportarlo.

Había olvidado que mis órganos pueden provocar tanto malestar, tanto dolor. Es como si constituyeran una fuente, un surtidor, de sufrimiento. Sí, no lo recordaba, quizás porque durante los últimos meses he sentido la calma que tu presencia induce en mí, pero mis vísceras siempre han estado dotadas de un talento asombroso para llevarme al límite del grito. Así ha sido cada vez que me he enfrentado al espejismo de la pérdida. Y así está siendo en esta ocasión.

Me pregunto cómo es posible que mi cuerpo, tan menudo, me someta a la devastación que siento ahora mismo. Llevo más de dos horas sentado en esta silla barata de plástico de color blanco, con la columna arqueada como un junco derrotado por el viento y los puños apretados para contener el lamento que golpea las paredes de mi garganta. No puedo más con esta angustia que me zarandea. No puedo más, joder.

Me gustaría chillar, porque la posibilidad de perderte arrasa el interior de mi ser, pero no puedo hacerlo. Tengo que ser paciente. Espero una respuesta que me dejará un sabor metálico en el paladar. Sí, lo que espero de ti —cualquier cosa menos un punto final— sabe a látex y antiséptico.

No puedes dejarme ahora, ¿no ves que llevamos juntos siete meses y estoy enamorado? El siete es mi número favorito, por lo tanto, no te permito que me dejes ahora. Hazlo durante el octavo mes de relación —si es que esto que tenemos puede llamarse así—. O mejor durante el noveno o el décimo, pero no lo hagas ahora, ¿lo has entendido? No lo hagas. ¿Ves? ¿Qué me has hecho? Me resulto tan patético e infantil con estos ruegos que hasta el torrente de mis pensamientos me avergüenza. Es como si tuviera quince años y me hubiera enamorado por primera vez o como si hubieras sido capaz de empujarme a una regresión en el tiempo. No reconozco la voz desesperada y lastimera que ha tomado mi cuerpo. La voz del desamparo. Me aborrezco en este estado. Me aborrezco cuando pierdo el control. Y también cuando el revestimiento de falsa seguridad que me otorgan mis publicaciones y mi puesto en la universidad se derrumba, cae, porque me enfrento a la posibilidad de que nuestra historia termine. Mi mundo, reducido a la nada. Como si solo importara permanecer ligado a ti. Qué locura es este modo de enamorarse. Qué tipo de psicosis sin diagnóstico.

¿Sabes? Lo que siento es como si hubiera unas manos en el interior de mi vientre. Como si me hubiera tragado sin masticar un par de manos vivas y se estuvieran entreteniendo en estrujarme las paredes del estómago. También tiran de las costillas hacia dentro, como si yo fuera una jaula y pretendieran que colapsara sobre mí mismo como un edificio dinamitado. Ya me lo dijo mi psicoanalista algunos meses atrás. El primer día de sesión, cuando llegué relatando que no podía soportar tu ausencia —aunque aquella ausencia nada tiene que ver con la que me amenaza hoy—, dijo: «Parece que estamos ante el campo de la tortura». Sus palabras no me sorprendieron. Es ahí donde me muevo ahora. La vida como una tortura.

Un desgarro como una banda de Moebius, eso es perderte. Y ¿sabes otra cosa? Todo lo que percibo en estos momentos se parece mucho a lo que sentí durante aquellas interminables semanas en las que recibí el primer golpe. ¿No te acuerdas? Sí, claro que te acuerdas, te lo mencionaba hace un rato. Me refiero a cuando tuviste la desfachatez de decir en voz alta —y en mi presencia, que es donde reside la gravedad del asunto— que habías alcanzado un momento en el que solo te interesaba buscar placer, que te habías convertido en un hedonista. Qué hijo de la gran puta. Solo llevábamos un mes conociéndonos, pero yo me había enamorado de este modo en el que lo hago a veces, más parecido a una posesión, a una enfermedad que carcome los huesos y los nervios. ¿Te das cuenta? El cuerpo, el cuerpo. No dejo de hablar del cuerpo porque es lo único que siento ahora mismo: un cuerpo abierto en canal que pide auxilio. Eso soy ante la posibilidad de perderte.

Pocos días después de aquella ocurrencia tuya, un navajazo hedónico en el centro de mi estómago, me vi sentado en el sillón de la que ahora llamo mi analista —psicóloga y psicoanalista, me dijo al presentarse y no entendí bien la diferencia—, una mujer que se parece en cierto modo a mi madre a pesar de la diferencia de edad que hay entre las dos: la piel pálida, blanca como la leche; un lunar claro y abultado en la frente, entre el nacimiento del pelo y la sien derecha; cierta severidad en la escucha y dureza, la dureza materna, en algunas de sus respuestas. Es imposible que la eligiera por azar tras ver su foto en la red. Analista-madre o madre-analista.

En la primera sesión planteó aquello de que mis palabras la acercaban al campo de la tortura, creo que ya lo he dicho, me repito. Me repito. Antes de acabar, pregunté cómo podía hacer más soportable la angustia ligada a tu ausencia.

No me contestó. Insistí y me devolvió la pregunta, me dijo que yo sabía lo que tenía que hacer. ¿Qué se te ocurre?, me preguntó. Le sugerí que escribiría un diario para regurgitar los celos, para vomitarlos en el papel y hacer así tolerable la barra de hierro incandescente que me atravesaba cuando imaginaba que buscabas placer en otros cuerpos —¿ves lo que te digo? No dejo de hablar del cuerpo, ya sea el tuyo, el mío o el de los otros—.

Aquel diario pesaba tanto que nadie podía moverlo del escritorio. Tanto es así, fíjate lo que te voy a decir, que pasaba un trapo por encima de él para quitarle el polvo, pero no era capaz de desplazarlo ni un milímetro. Nadie lo habría logrado porque allí estaba tu cuerpo —¡otra vez lo menciono!—, una anatomía masculina rodeada de cadenas en el modo en el que una araña envuelve a sus presas. Ese es el verbo preciso: apresar.

Aunque, bueno, soy un neurótico, pero no un sádico, por lo que imaginaba gruesas cadenas rodeándote de pies a cabeza con un par de excepciones carnales. Solo la amplia zona de tu pecho y tu garganta quedaban exentas del peso metálico para que pudieras respirar. También la zona de la entrepierna, porque en ese diario me imaginé siendo el único que podía chupártela.

Chuparte la polla. Qué obsesión, ¿verdad? Siete meses sin agotar la fascinación —otra palabra asociada a ti que no dejo de repetir— que me provoca hacerte sexo oral. Diría que no es más que la forma que tengo de venerarte. Y quizás de envenenarme. No lo había pensado antes, pero fíjate en el parecido de las dos palabras. Sí, diría que hay algo de venenoso en la veneración de alguien.

Este discurrir anárquico de pensamientos en el que estoy preso no me permite un descanso, pero tomo consciencia de que sigo aquí, esperando una respuesta. Creo que llevo más de cuatro horas sentado en esta incómoda silla de plástico blanco.

Eres un hijo de puta —y que me perdone tu madre, que nada tiene que ver con lo que me haces, pero sigo aferrado a este lenguaje machista de mierda que me permite sacar la ira del interior del cuerpo—. Por enésima vez, el cuerpo. Insisto, no quiero perderte. No puedo perderte.

No ahora. Aunque no te niego que pienso en lo que haría si ocurriera. Madrid, mediados de julio. Asfalto que hierve y plazas como saunas secas. ¿Quién desearía permanecer aquí? Solo se me ocurriría escapar. Adelantaría los días de verano en el pueblo y me enfrentaría de nuevo al riesgo de cruzarme con él. Con su mujer y sus hijos. Tan morenos, tan perfectos. Y yo, tan devastado. Volver al pueblo cada agosto me obliga a caminar por las angostas calles encaladas con un álbum de fotos suspendido frente al rostro. Por muchos aspavientos que haga, por mucho que agite las manos delante de él, la nube de recuerdos no deja de atosigarme.

Con el diácono —me pregunto por qué lo sigo llamando así, cuando lo cierto es que se ordenó sacerdote poco después de darnos el curso de confirmación— no me cruzaré este año. Ni los próximos. Supe de él hace poco y no te lo he contado porque nuestras tensiones se han apropiado de las palabras que te he dirigido en los últimos días, pero la semana pasada, mi mejor amiga me envió un mensaje. Uno sin texto, como quien lanza una piedra y sale corriendo. El contenido era el enlace de una noticia. Lo pulsé e, instantes después, cuando el navegador se desplegó y ocupó la pantalla de mi teléfono, ya no me encontraba en mi despacho de la facultad. Con mis chinos y mi camisa azul de profesor de letras, me había trasladado al dichoso pueblo —que parasita mi cerebro y se me aparece de manera azarosa con demasiada frecuencia—, en concreto, a la parte de la sacristía en la que nos preparábamos para dar un segundo sí a nuestro Señor.

Aquella habitación olía como huelen todas las iglesias de este país. A la madera antediluviana de los bancos en los que postrarse, a incienso, a sexo reprimido, a muros húmedos y a los chorreones densos y pálidos de la cera de los cirios.

Tenía diecisiete años. Pocos meses atrás, había confesado mi homosexualidad a mi mejor amiga. Una semana después, a mi mejor amigo. Llegué a los dos con vergüenza, cabizbajo, exponiendo que algo impregnaba mi cuerpo a modo de una infección, una enfermedad que fuera capaz de la peor putrefacción de la carne. Mi mejor amigo se indignó ante tanto drama cuando supo de qué hablaba. Me reprochó que se había asustado. Y me salvó con sus palabras. Me salvaron los dos. Pero en aquellos días yo seguía acudiendo a la iglesia, buscaba confirmarme como creyente en el Dios de la Iglesia Católica Apostólica Romana Castradora que me instaba a que, con urgencia, me amputara el apetito por los hombres. Deseaba que la institución me abrazara, me acogiera, aunque sabía que algo así nunca sería posible.

Hubo una reunión de catequesis —diría que de las últimas, por la ropa ligera que llevábamos puesta— en la que el diácono, con sus manos rechonchas, la piel cada vez más del tono macilento de las tallas de madera de los santos y los ojos de un azul siniestro, hablaba de la actitud de los jóvenes de acercarnos a las drogas en esa disposición tan propia de quienes se creen inmortales. Se quejaba de que lo queríamos probar todo. Entonces, lo dijo: ¿Por probarlo todo, vamos a probar incluso que nos den por el culo? Acompañó la provocación con un gesto masturbatorio y una sonrisa en la que me pareció ver algo del deseo de su esfínter anal. Mi cuerpo se tensó. La sangre fluyó hacia mis mejillas y mis orejas. Evité mirarlo y conformé una extraña sonrisa que nacía violentada. Se produjo un silencio incómodo y miré al resto de los jóvenes presentes. Todos teníamos la misma cara de desconcierto. Algo nos decía que aquel no era el lugar apropiado en el que verter semejantes palabras. Probar incluso que nos den por el culo. No.

Unas semanas después, me confirmé y no regresé a las reuniones con el diácono, pero aquella mañana de catequesis marcó mi cuerpo y terminó de colocar una mordaza al placer posible, un bozal que venía fabricándose desde mucho tiempo atrás. Cualquier cosa menos anal. Nunca anal. Jamás anal.

Un titular de mi adolescencia: «Jamás me masturbé recreándome en escenas de sexo anal».

El titular del periódico en el mensaje de mi mejor amiga: «El Vaticano expulsa del sacerdocio a un cura acusado de abusos sexuales a jóvenes y adultos».

B

La metamorfosis *dinosáurica* se inició de forma precoz, hace algunos años, aunque la violencia siempre impacta en el cuerpo con prematuridad. Nunca se está preparado para acoger la rabia de los otros. Nunca. El cambio tuvo lugar de forma insidiosa, nadie se percató de que el niño dejaba de ser niño, de que el hombre dejaba de ser hombre. Cada día más reptil, cada día menos humano. Sigue en la silla barata de plástico negro —ya se dijo: un reverso esperar— y permanece inmóvil, como si hibernara.

Recibe un puntapié. Te he preguntado por qué, repite el hombre que lo ha estado vigilando. No lo sé, responde. Y la contestación suena como el último aleteo de una paloma abatida.

Silencio. Y, tras el silencio, la voz del padre. Esa voz que nunca lo abandona, tan penetrante como un cuerpo extraño y enquistado en el órgano que, según se dice, nos convierte en algo distinto al resto de los animales. A decir verdad, la voz paterna no es como una piedra en el zapato, sino que lo ocupa todo, invade sin límites. No deja espacio para lo propio. Un hongo parásito que alcanza los intersticios nunca nombrados, por lo que no se puede hablar de un asedio parcial. Es total. El padre lo tomó todo. La subjetividad del hombre reptil está desbordada por lo paterno. La ley del padre, impuesta desde la niñez, rige su mundo, sus movimientos.

Él lo desconoce.

El hombre que lo vigila se ayuda de un puñado de folios enrollados —informes, fotografías y otro material importante, además de las declaraciones de varias personas— y lo usa como herramienta, como palanca para lograr que el extraño ser eleve el mentón y le muestre los ojos.

Son verdes, piensa el hombre que lo vigila. Son verdes y en el pasado debieron pertenecer a un niño inocente. ¿Qué te han hecho? ¿Qué te han dicho? ¿Quién te ha convertido en lo que ahora eres?, se pregunta.

II

Verse en el polo opuesto de la escena le está resultando alienante. No se siente cómodo; es más, no se le da bien, no es lo mejor que sabe hacer en el sexo. Se defiende a otro nivel cuando es él quien penetra —con independencia del orificio atravesado— y, sin embargo, ha aceptado la petición. Mírame mientras lo haces, sería la primera vez con un hombre, ha dicho el amante georgiano. Ser el primero en la vida de alguien, en algo, por estúpido que sea, por insignificante que sea. Tentación poderosa. No obstante, se la está chupando sin experimentar ningún tipo de excitación. Se atrevería a decir que se la está comiendo por pena ahora que sabe lo que sabe: hay una mujer. Una prometida —o quizás debería llamarla *promentida*— que ignora a lo que se dedica el futuro marido en sus viajes por la libre Europa.

Lo observa con atención: los ojos, entrecerrados y tímidos; las mejillas, en combustión; los labios, algo femeninos, sostienen una fisura negra por la que escapa el aliento. La frente se le humedece, es una roca blanca al amanecer ante la llegada del rocío. Ha colocado una mano detrás de la cabeza, la otra —la que porta el símbolo de la futura unión— permanece escondida en el remolino de tela que es ahora la sábana.

Las pupilas del amante español rastrean la cara del hombre del este durante la mamada, tal y como ha pedido, pero el pensamiento está en otro sitio y se imagina que la alianza se calienta hasta adquirir el rojo hipnótico de los metales fundidos. Ve el resplandor bermejo del anillo a través del tejido mientras las palabras del extranjero retumban en su cabeza. Las ha pronunciado tan solo hace unos minutos, pero han quedado atrapadas en algún rincón de su cerebro y, mientras succiona, las rememora una y otra vez:

—Pero entonces eres bisexual, ¿no?

—¿Bisexual?

—Sí, bisexual. Supongo que te gustan los hombres y las mujeres, pero en tu país será más fácil tener una relación con una mujer, ¿no?

—Debes de estar bromeando.

—¿Por qué dices eso?

—Porque no creo en la bisexualidad. Es una mentira que muchos maricas se inventan para no renunciar a la heterosexualidad. Es un modo de conservar algo de dignidad. Aunque yo creo que logran lo contrario. Quedan retratados como viciosos. Creo que la gente encuentra mayor perversión en la bisexualidad que en la homosexualidad.

—¿En serio? Bueno, no es la primera vez que lo oigo, pero yo no lo veo así. Las personas bisexuales existimos, estamos por ahí, a vuestro alrededor, pero poca gente nos cree y nos entiende. Se nos examina como si fuéramos bichos raros y estoy cansado de eso. Muy cansado. Me ha molestado ese tono de médico pedante del siglo pasado. ¿Perversión? Venga ya, tronco —termina con las tres últimas palabras en español y provoca que el georgiano enarque una ceja.

—No pretendía ofenderte. Pensé que eras gay —se disculpa.

—¿Y de dónde has sacado esa conclusión?

—Fácil: eres pasivo. ¿Alguien puede creerse eso de ser bisexual y pasivo? Yo no.

—Oye, no me gusta el resentimiento con el que hablas de esto. No soy pasivo. Soy más activo y bisexual, pero no me quedo sin follar cuando me topo con otro tío que me gusta y que solo es activo —dice el español, que se levanta de la cama, se coloca ante él, desnudo, e infla el pecho en un intento de recuperarse de lo que ha percibido como un ataque. Orgullo bisexual herido.

—Mira, perdona. No estoy acostumbrado a hablar sobre sexo, polvos o como quieras llamarlo. Vamos, tío, vuelve a la cama. Te lo repito: no quería ofenderte.

—Gracias por la disculpa —dice, y se acomoda de nuevo a su lado. Suspira. Querría que el invitado se vistiera y se marchara, pero no se atreve a pedírselo. Intuye que puede esperar algo más de él, aunque no sepa todavía de qué se trata —. Entonces, no eres bisexual, ¿no?

—Si dijera que soy bisexual, te estaría mintiendo.

—En ese caso, no me quedan muchas más opciones. Eres gay, ¿verdad?

—Sí. No me gustan las mujeres. Nunca me han gustado. No me la ponen dura.

La respuesta, rotunda y brutal como una sentencia de muerte, se ha convertido en un eco molesto que no lo abandona, en una piedra oscura que se queda atrapada entre los hemisferios cerebrales. Sí. No me gustan las mujeres, ha dicho. La sonoridad de la frase le corta el bajo vientre y, por la hendidura resultante, la excitación se drena como una red sacada del mar. Adiós a lo que quedaba de la erección. Gira la cadera contra el colchón y oculta la debilidad y ridiculez del miembro flácido, la ausencia de potencia, mientras prosigue con la felación.

—Mírame —vuelve a pedirle.

—Lo estoy haciendo.

—No lo suficiente.

—Ya, me desconcentré —se justifica. Una mujer. Está comprometido con una mujer siendo maricón. Me cago en mi vida, piensa.

Alguna vez lo imaginó durante los años del armario. Sí, la opción de limitarse a las mujeres y no confesarlo, porque ninguna comprendería un modo tan generoso de excitarse, de enamorarse e incluso de amar a las personas, tampoco el resto. Buscar amparo en el cuerpo femenino para protegerse del castigo y condenarse de otro modo. Pero no lo hizo. Luchó, se mostró al mundo, peleó por el deseo desdoblado que lo habita desde que tiene uso de razón.

He tenido suerte, reflexiona. Suerte y valor. Aunque no es así para otros muchos hombres que están vivos ahora mismo, piensa. Este georgiano es uno de ellos. Joder, qué putada, qué movida. Me está resultando un tanto gilipollas, pero, claro, con la situación que vive, como para estar de muy buen humor, se dice e intenta relajarse mientras continúa chupándosela.

Lo observa de nuevo. El hombre de negocios del este se deleita con la mamada en la que se encuentra inmerso, en la que el español se está esmerando, a pesar de no ser algo que le maraville hacer.

—¿Te gusta? ¿Lo hago bien? —pregunta, pero lo hace empujado por la combinación agria entre compasión y pena que le despierta.

—Sí. Me encanta.

Succiona y lame el glande rojo —casi fuego— del hombre que le ha pedido la mirada. El mismo glande que ahora penetra su boca se adentrará en otra caverna rosa en cuanto regrese a su país, en la de la prometida. No comprende por qué motivo no deja de pensar en ella, pero no tiene control.

Sin quererlo, se lo imagina penetrándola en un intento de lograr un parto inverso para esconderse de nuevo en un útero. Allí comenzó la vida y en el mismo lugar querría que terminara. La mujer como refugio, la mujer como el cuerpo que soporta la mentira del hombre y su debilidad. También su violencia.

—Me corro —lo avisa, pero el amante español hace como que no lo ha oído.

Le permite eyacular en la boca. Le gustaría pensar que se trata de un gesto de solidaridad, porque él también podría haber tenido la mala suerte de nacer en otro lugar, porque toma consciencia del privilegio, pero no es así. A decir verdad, va a tragarse su semen por pena.

3

Permanezco en la misma silla barata de plástico blanco. Sigo esperando una respuesta. Mientras lo hago, para no acabar desquiciado —aunque no sé si es tarde para eso—, repaso algunos de nuestros momentos que tienen algo de singular. Quiero dejar a un lado el sexo, ya lo sabes, pero también te he explicado que ahora mismo ejerce la función de ansiolítico. Llevo la caja de Lexatin en la mochila, pero me resisto a drogarme, a embotar lo que siento. El malestar es insoportable, pero esto también es estar vivo. Como te decía, estoy recordando la primera vez que te la comí en el bosque. Ya habíamos pasado un primer fin de semana juntos y dos semanas después propusiste que pasáramos el día en la playa. Nunca te he contado esto, pero aquella mañana tenía tanto miedo a sentir, a enfrentarme a la posibilidad del rechazo, que incluso me planteé mandarte un mensaje para anular el encuentro. No pude hacerlo. Siempre has sido como una droga dura y me has provocado el mismo placer que dolor. Me arrastré hasta la estación de tren con los nervios en el estómago y las náuseas en la garganta y, sin embargo, en cuanto te vi aparecer en el coche de tu padre, mi cuerpo dejó de agitarse.

Te pregunté por la última corrida. Confesaste una paja reciente y me enfadé, pero no me atreví a mostrar la rabia. Qué hijo de puta, pensé de ti. Qué caníbal, pensé de mí. ¿No crees que esta obsesión con tragarme tu semen en cada ocasión que eyaculas tiene algo de canibalismo? Yo lo veo así. Aunque quizás tenga más de posesividad. Es un modo de quedarme con una parte de ti, pero de lograrlo con la máxima intimidad. ¿Algo más íntimo que llevarte dentro de mi cuerpo al menos durante unas horas? Falso hombre embarazado.

Aparcamos y me explicaste que había una media hora de camino hasta el mar, que era necesario atravesar un pinar y que la cala no tenía un acceso fácil. Era mi primera vez en una playa nudista. Mencionaste que no llevabas bañador y me imaginé tu polla, tan oscura y gruesa, rozándose con el vaquero claro que llevabas puesto. Te pedí la mano, ¿lo hice? Creo que sí, no puedo estar inventándome esto. Te pedí la mano y te pregunté si sabías en qué estaba pensando. Respondiste que no, nos detuvimos en el camino y me llevé tus dedos a los labios. Los besé uno a uno hasta que llegué al pulgar. Entonces, empecé a chuparlo como si fuera tu polla. Deslicé la lengua por la yema, después lo rodeé con los labios para ejercer presión y succionar. Hice ese movimiento que tanto te gusta y logré que desapareciera en dirección a mi garganta. Era un modo de recordarte que ya sabía cómo meterme tus casi veinte centímetros sin que me dieran arcadas. Sonreíste y los dos miramos tu paquete. Inflamación.

La más puta de la playa, dijiste, y asentí. Sí, quería ser la más guarra de la playa, porque sabía que muchos hombres te mirarían cuando estuvieras desnudo caminando por la arena y se quedarían embelesados con el bamboleo de tu miembro. De algún modo tenía que pedirte que no se te ocurriera compartir tu cuerpo con nadie más —de nuevo esa palabra, ¡el cuerpo!—, ese cuerpo de dios gitano que tienes. Con aquella succión infantil te estaba diciendo que, si me elegías a mí, me ocuparía con dedicación de tu placer. En los primeros días usé el sexo como arma poderosa. Voy a ser sincero: siempre lo hago así. El sexo es mi modo de pedirte que te quedes conmigo y lo he mantenido como centro de mi estrategia bélica para rogarte que no abandones el territorio de mi reino, que no es otro que mi cuerpo —¡joder con el cuerpo!—. ¿Te das cuenta de que las siete palabras que pronunciaste el día que discutimos como nunca lo hemos hecho me dejaron desarmado? ¿Qué soy yo sin el sexo? Un guerrero sin armadura arrojado al campo de batalla.

El bulto en el pantalón me demostró que había logrado excitarte al succionarte el pulgar. Ve sacándote la polla, dije. No te solté de la mano y nos introdujimos entre los árboles. Con la mano que te quedaba libre jugaste a desabrochar el botón del pantalón, te bajaste la bragueta y te la sacaste.

Me disponía a arrodillarme cuando me pediste que me detuviera. Te quitaste la mochila, la abriste y revolviste el interior. Buscabas el pareo, querías que tuviera una superficie blanda en la que descansar las rodillas para que de esa manera pudiera ser la mejor puta, para que pudiera dedicar toda mi concentración a hacerte una mamada placentera y rápida. Ya te había pillado el punto —tú mismo lo habías reconocido durante el fin de semana que pasamos juntos usando esas mismas palabras— y conseguía que me descargaras en la boca en cuestión de minutos.

Poco después, me asfixiabas. Tu polla crecía en el interior de mi boca y se dirigía como un invasor febril hacia mi garganta. Me sujetaste la cabeza y empezaste a mantener un ritmo constante de penetración. Yo me concentraba para lograr respirar cuando me permitías hacerlo, también coloqué la lengua a modo de pala para que mis dientes no te molestaran y ofrecer así una superficie amable al frenillo, ese cordón tenso que te provee de tanto deleite. Me preguntaste si me gustaba que me follaras la garganta y no pude contestar. Me la saqué de la boca y susurré que sí, que adoraba que me atravesaras. Ataqué. Te sujeté los huevos con una mano, la base de la polla con la otra y empecé a devorar con el ritmo adecuado para hacerte disfrutar. Entonces una de mis rodillas se salió del pareo, pero yo no me di cuenta. Y de inmediato, una de tus manos, antes ocupada en sujetarme la cabeza, señaló hacia el suelo. Dejé de mamar y miré al lugar indicado. No te hagas daño, dijiste. Me moví y centré mi cuerpo en el cojín improvisado. Seguí chupándotela con ganas, con más ganas aún. Cuando eras así de considerado, cuando tenías gestos de cuidado y ternura de ese tipo, aunque fuera durante una mamada furiosa y urgente en el bosque, me enamoraba de ti.

No puedo perderte. No quiero perderte. Porque lo que tengo contigo es diferente. Sí, se parece a aquello que mantuve con él —el macho, el hetero— durante varios años, en el pueblo. Pero allí no hubo nada del campo semántico de la delicadeza. Hubo un juego que se transformó en servidumbre al hombre sin falla.

Sí. No me equivoco cuando digo que todo comenzó con un juego. El del escondite. ¿Qué podíamos tener? ¿Nueve años? Sí, algo así, no muchos más.

La casa de mis padres en el pueblo tiene habitaciones amplias con los techos altos y muros gruesos. Está vestida de luz y flores casi todo el año y además tiene un patio soleado lleno de macetas y tiestos de barro pintados de blanco, azul y verde con una granada en el centro. Un laberinto de aspidistras y geranios conduce a una zona que en el pasado se usó como gallinero y establo, más tarde como almacén. Allí, rincones y muebles sin uso formaban refugios en los que podía ocurrir lo que no estaba permitido en presencia de la claridad del día. Niños y niñas de mi calle usábamos esa parte trasera de mi casa como territorio de juego. Allí empezó todo. ¿Nunca te he contado esta historia? No, no lo he hecho. Me avergonzaría reconocer los lugares que habité durante tanto tiempo. Durante demasiado tiempo.

Un día cualquiera, en primavera, alguien se tapó los ojos con las manos e inició una cuenta atrás. Mi intuición me llevó a esconderme con dos niñas de mi calle en una despensa que contenía productos de limpieza. Nos colocamos entre garrafas de lejía y palos de fregona. Una de ellas, mi vecina, nos mandó callar para que no nos descubrieran. Cerré los ojos. Risas contenidas, el susurro de nuestra respiración excitada y el olor a desinfectante. Oímos los pasos de alguien, la proximidad de aquel niño desató un hormigueo que fue de mi entrepierna hacia mi garganta. Se abrió la puerta y un destello atravesó la piel de mis párpados. Entró, cerró y ocupó el reducido espacio que quedaba libre. Oscuridad. Silencio. Comenzó a tocarlas. Alguien ahogó una queja. Después, una violenta inspiración por la boca anunció que había ocurrido algo que dejaría un recuerdo imborrable en una de ellas. Fue rápido. Un nuevo destello. La puerta se abrió, ellas huyeron y yo permanecí con los ojos cerrados. Me quedé a solas con él. No había ahora niñas de las que abusar, pero yo me parecía lo suficiente a una. Primero, su mano en mi abdomen. Después, la mía se dirigía al interior de su pantalón porque él la conducía hasta ese destino. Con nueve años, tuve permiso para tocar su polla, para frotar con torpeza la palma de mi mano contra su miembro. Ese fue el inicio, el acto inaugural.

En los meses siguientes, nunca hubo un calendario establecido, pero ocurría una y otra vez y yo no sabía cuándo se repetiría el ritual, pero sí tenía la certeza de que la paja que le acababa de hacer no sería la última. A veces, me buscaba a los tres días del último encuentro, en mi casa, después de hacer los deberes. En otras ocasiones, transcurrían semanas hasta que me requería de nuevo. Lo masturbaba hasta que se corría. Él jamás tocó mi polla, es más: nunca la vio. No me atreví a mostrarle esa parte dura e hinchada de mí que lo colocaba a él en una posición que no estaba dispuesto a ocupar. Por eso nunca la reclamó y yo siempre me masturbaba a solas una vez que él se había marchado tras subirse los pantalones con celeridad. En esa inmediata soledad posterior, la sensación de abandono me dañaba y, casi siempre, me olía y lamía el dorso de la mano porque sabía a él, porque hacer eso me lo devolvía de algún modo, aunque fuera mediante el sabor de la ausencia. Entonces, eyaculaba gracias a una compañía alucinada y me apresuraba a lavarme. Amigo-esclavo masturbador.

Una tarde, cuando tendríamos algo así como unos trece o catorce años y su semen se había vuelto tan abundante que se me escurría por la muñeca y resbalaba hasta el suelo, en su casa, no pude terminar la paja que le estaba haciendo. Me agarró del pelo y condujo mi cabeza hasta su glande turgente y húmedo. Se iniciaban así los años en los que yo sería una boca en la que terminar, algo que su novia no le permitía hacer, según nos contó una noche, cuando estábamos un poco borrachos en las fiestas patronales. Más tarde, supe que la realidad era que ella no se la quería chupar. Aquella tarde, sin mediar palabra, sin pedirlo, tan solo ejerciendo una mínima presión sobre mi cabeza, yo me había convertido en un amigo-esclavo felador y me mantendría ahí durante mucho tiempo.

Me pregunto cuáles son los posibles usos del cuerpo de un maricón. ¿Qué uso se le dio al mío durante nueve años?

El cuerpo de un maricón se puede golpear, empujar, rasgar, quemar, alquilar, cortar, usar, ensuciar, penetrar, arañar, eviscerar, aplastar, amputar, arrastrar, desollar, trocear, masticar e incluso desintegrar. Sin embargo, no está tan claro que se pueda besar, venerar, abrazar, acariciar, rozar, desear, admirar, observar, añorar, chupar, tocar, columpiar, adorar, respetar, saborear, idolatrar, retratar o incluso amar.

El último acto tuvo lugar en el mismo sitio, casi una década después, a final de curso de segundo de bachillerato, unos meses antes de que entráramos en la universidad, aunque no había palos de fregona ni garrafas de lejía en el habitáculo en el que empezó todo. En aquel momento estaba vacío, a la espera de recibir un nuevo uso. Entramos en silencio, se bajó el pantalón corto de deporte azul marino y se la sacó. Se quitó la camiseta, la convirtió en un ovillo y la apoyó en uno de sus hombros. Nunca me miraba a los ojos cuando me usaba. Si mi boca y mi garganta hubieran podido existir sin conexión con el resto de mis órganos, las habría usado del mismo modo. Un cilindro flotante de carne y piel caliente en el que correrse. Nada más.

Me la metí en la boca y repetí de manera mecánica los pasos que llevaba practicando durante años. Algunos días ni tan siquiera me excitaba, pero cumplía con mi deber. Primero había que ponerla dura haciendo uso de mis labios y lengua. Movimientos lentos. Después, cuando estaba firme, podía usar la mano derecha y aumentar el ritmo poco a poco. Me detuve un instante, lo observé y comprobé que, como siempre, sus ojos estaban cerrados. Estoy convencido de que lo hacía para anularme —para restarme de la escena—, concentrarse mejor e imaginar así que era una mujer la que se la estaba chupando. Me apostaría cualquier cosa a que no pensaba en su novia, sino en alguna actriz porno o en una modelo famosa. Qué hijo de la gran puta. Tenía las manos apoyadas en la cintura y el oscuro vello trazaba una sucesión de abanicos en el ascenso hasta el cuello. El primero en el pubis, luego uno más amplio en el abdomen, alrededor del ombligo. Un poco más arriba, otro en el pecho —una extensa era de centeno negro— y el último se expandía en la garganta y formaba después la densa barba negra que siempre he envidiado de él y de otros tantos hombres parecidos.

Había sudado, pero estaba tan habituado a su olor que no me importó. Hundí la cara entre sus muslos. Succionaba esa polla que me resultaba casi tan familiar como la mía cuando recordé las palabras de un nuevo amigo marica que todavía no conocía en persona, un tío mayor con el que me encontraba en la sala de un chat los fines de semana. Le das asco, me dijo. Lo negué con furia. Yo tenía un lugar, me había elegido. ¿Quién puede chuparle la polla a un tío hetero durante toda la adolescencia? Alguien importante, dije. ¿De qué me hablaba ese maricón de mierda y envidioso del chat? Se moría de ganas de tener acceso a la polla de un hetero. Por favor, si es el sueño de cualquier marica, respondí. Me dijo que estaba muy equivocado, que no se trataba de privilegio, sino de vasallaje. ¿Quieres comprobarlo? Intenta besarlo, atrévete y verás lo que pasa, me desafió.

Interrumpí la felación. Me puse de pie y percibí el desconcierto en su rostro, el mal humor por atreverme a pausar su placer y la extrañeza cuando me coloqué frente a él. Miré sus labios, después sus ojos, como si lo avisara. Incliné el torso hacia él. Me aproximé a su boca. De inmediato me sujetó por los hombros y alejó nuestros labios con un giro brusco de la cara. Entre su pecho y el mío, y entre los brazos con los que me retenía y su polla, que seguía dura, enmarcó una palabra: náusea.

No quiero perderte.

No puedo perderte. Tú sí me besas cuando he terminado de chupártela.

C

El hombre reptiliano —que sigue sentado en la silla barata de plástico negro— observa el zapato que ha intentado provocarlo con la patada. Pero el zapato desaparece. También lo hace el suelo y el lugar en el que se encuentra. Ahora, ante sus ojos, solo hay un fondo oscuro, quizás de un tono verdoso tan saturado que se confunde con el negro. Un fondo anfibio. En el centro aparece un cuerpo humano, desnudo, de una edad imposible de determinar y en una posición que recuerda a la de un feto que flota en el líquido amniótico. Es él, el *Homo sapiens* recubierto de escamas discursivas, en algún momento de su vida, antes de adquirir la apariencia de un lagarto.

La voz del progenitor retorna —en realidad, nunca se fue— y cada palabra pronunciada alcanza el cuerpo con forma de escama. Tachuelas metálicas que se proyectan contra la blanda epidermis a medida que se alejan de los labios del padre. Palabras que endurecen.

No quiero que vuelvas a jugar con tu primo. ¿Tú has visto el ramalazo que tiene? Tan maricón sin levantar dos palmos del suelo. ¿Me estás escuchando? A ver si con la tontería, que en esta vida todo se pega, me vas a salir rarito. Te cruzo la cara, ¿me oyes? Te cruzo la cara si te veo otra vez jugando con tu primo y con los cepillos de barrer. ¿Sois mujeres barriendo aceras? ¿O es que tú también eres un maricón como tu primo?, dice, y una hilera de láminas verdosas se colocan siguiendo los abultamientos que forman las apófisis vertebrales de la columna. Así empezó la deshumanización, el inicio de la conversión, el viraje batracio. Evento inaugural del discurso de odio. Tan solo tenía siete añitos.

Un niño quebrado, roto por las palabras.

III

Quiere vomitar. Se arrepiente de lo que ha hecho. Piensa en enfermedades, en la posibilidad de que toda esa historia del compromiso no sea real, que ninguna mujer de Georgia lleve puesta la alianza gemela que está viendo ahora mismo en la mano derecha del invitado. Quizás debería preguntárselo. Duda. Se plantea de qué modo podría dar un rodeo para no resultar agresivo. Tener que manejarse en inglés también dificulta la comunicación, merma la habilidad para usar el lenguaje como arma contra el miedo, contra la hipocondría. Le cuesta reconocerlo, pero todo lo que tiene de gallito se esfuma con la cuestión hipocondriaca. Siempre ha sido un punto débil, algo con lo que ha tenido que lidiar para mantener un inestable equilibrio entre la diversión sexual y el miedo a la transmisión de enfermedades.

El amante georgiano permanece a su lado, con los ojos cerrados, y respira con el sosiego del recién nacido que se alimenta y mece hasta el sueño.

—¿No has tenido muchas experiencias con hombres?

El mensaje se recibe y el movimiento de los globos oculares bajo los párpados da cuenta de ello. Algunas imágenes de encuentros con cuerpos desnudos se proyectan en ese espacio interior al que nadie más tiene acceso. No son muchos. La respuesta se hace esperar.

—Esta es la cuarta —dice tras un largo silencio.

—¿La cuarta? Pero ¿qué edad tienes? Si no recuerdo mal, no está en tu perfil.

—Treinta y dos. Bueno, me falta poco para cumplirlos.

—Pero, oye, ahora que pienso en toda esa cuestión de tu compromiso, ¿no crees que estos encuentros pueden poner en peligro tu relación?

—¿De qué manera?

—Bueno, no sé, ¿enfermedades? ¿En las quedadas anteriores has usado condón?

—Sí, claro. Siempre lo he usado en el sexo anal.

—Pero sabes que en el oral también puede pasar, ¿no? Que se puede pillar algo, aunque sea una tontería.

—Sí. No soy idiota. Que no haya recibido educación sexual en mi país no quiere decir que no me haya informado por mis propios medios de los riesgos que asumo cuando hago determinadas cosas.

—Tranquilo, hombre. No estaba insinuando nada de eso. No te estoy atacando —dice y piensa que el georgiano es un soplapollas impertinente, un pedante. Se pregunta por qué no lo echa de casa.

—¿Entonces?

—¿Qué?

—¿Por qué me preguntas si juego o no de manera segura?

—Me planteaba qué harías si eso ocurriera, cómo evitarías poner en riesgo tu relación.

—Tomo mis precauciones.

—¿De qué manera?

—Puedo pasarme varias semanas sin ver a mi novia. No resultaría extraño. No vivimos juntos, incluso no vivimos en la misma ciudad. Además, en mi país es muy arriesgado, no me atrevería. Casi siempre lo he hecho en el extranjero. Si en el viaje me noto algún síntoma, voy al médico y lo arreglo. Si me pasa durante los primeros días de regreso a casa, hago lo mismo. Durante ese tiempo procuro no ver a mi novia o no tener sexo con ella. Por ahora me ha salido bien. No me he llevado ninguna sorpresa.

—¿Cómo de arriesgado es en tu país? No sé casi nada de Georgia, y menos de este tema.

—Si mis compañeros de trabajo lo supieran, me matarían a golpes.

El amante español estudia los rasgos del turista. Desea que haya algo de exageración en lo que acaba de decir. Que no sea verdad que la situación en el país del visitante sea tan terrible.

—¿Lo dices de verdad? Me ha impactado la seriedad con la que lo has dicho.

—No tengo ninguna duda de que sería así. He oído cosas a lo largo de mi vida, cosas que ocurrieron a otros tipos. Sé que no querrían tener a un maricón entre ellos. Me matarían o me dejarían en tal mal estado que sería mejor morir.

—Joder, ¿hablas en serio?

—...

No hay respuesta. Solo una sonrisa tímida, un gesto abatido y triste en el que se pierden la arrogancia, la firmeza y la determinación con la que se había mostrado hasta ese momento.

—Qué mierda y qué injusto.

—Lo sé, pero es lo que hay. Intento no pensar mucho —dice y se acaricia un hombro, como si se consolara a sí mismo.

—¿Y qué hay de buscar trabajo en otro país y empezar una nueva vida? Sabes idiomas y tienes pinta de abogado o de ingeniero, se te ve un tipo formado. Lo que quiero decir es que podrías lograrlo si te lo propusieras.

—Sí, claro, tan sencillo como romper con todo. Hola, jefe, me marcho. Hola, futura esposa, me marcho. Padre, madre, me marcho. Amigos, me voy a Europa, ¡adiós! —pone fin al tono sarcástico y a la sobreactuación malhumorada con la que ha representado la hipotética despedida que le propone el español—. No es así de simple.

—Sí, en eso tienes razón.

—Por ejemplo, en mi familia hay miembros de la Iglesia ortodoxa. Es una institución muy poderosa en mi país.

—Me gustaría saber cómo decir en inglés una frase que tenemos aquí para este tipo de situaciones —sonríe y piensa que quizás si él estuviera en la misma situación del georgiano también tendría su mal carácter.

—Dilo en español.

—No lo vas a entender.

—Da igual. Dilo.

—Con la Iglesia hemos topado.

—No, no lo entiendo.

—Te lo dije. Putas religiones. Me pregunto si existe alguna que no pretenda controlar el placer, ¿por qué esa manía? El sexo es maravilloso. Con el sexo uno se olvida de todo lo malo. Y da igual la forma en que se haga o quiénes sean las personas que estén jugando: si lo hacen en libertad, si han querido disfrutar así, ¿dónde está el problema?

—Como lo que hemos hecho tú y yo en esta habitación, ¿no?

—Eso es. Les jode nuestra libertad para retorcernos de placer. No lo soportan.

—Quizás deberíamos seguir. No tengo trabajo hasta mañana.

4

Cuánta belleza conserva esa imagen que ya solo está en alguna parte de mi memoria. El final de tu abdomen es lo primero que veo y no puedo enfocarlo bien porque mi nariz se apoya en tu pubis. Después sigue el torso moreno, fibroso y sudado que tenías aquella tarde de agosto. Un poco más arriba, esa mancha oscura de pelo travieso que tienes en el centro del pecho. Te habías quitado la camiseta y tus hombros parecían más grandes de lo que eran gracias a la presión que ejercían las asas de la mochila. Tu cara, cómo no prestar atención a la sonrisa relajada que se te queda cuando acabas de correrte en mi boca, y mi reflejo —un dios arrodillado— en las gafas de espejo anaranjadas que llevabas puestas. Después, un anillo de cielo azul a tu alrededor, claro, qué otra cosa mejor podría hacer el cielo que rodearte. Más allá, un segundo anillo, verde, formado por el pinar en el que seguía postrado.

Nunca me olvidaré de esa mamada en el bosque.

Nunca.

Necesito fumar. Me despego de la silla barata de plástico blanco y me dispongo a hacerlo. En esta sala también hay otras personas, también esperan, ya te lo dije antes, pero las ignoro. Lo que menos me apetece ahora mismo es iniciar una conversación. Salgo a la calle. Las aceras y los muros desprenden el calor que han recibido durante las interminables horas del día, lo percibo cuando apoyo la espalda y la cabeza en el rugoso revestimiento del edificio de la espera. Es como recostarse en un gigante después de hacer el amor.

Me pregunto si la urgente necesidad de llevarme algo a la boca busca taponar la agonía ante la posibilidad de olvidarme de tu polla para siempre, ¿de verdad no voy a hacerte sexo oral nunca más? La escena del bosque reaparece y se diluye después, pierdo el falo imaginario y eso me obliga a colocarme un falo real entre los labios. Saco el mechero del bolsillo, presiono el botón, suena un chasquido, aparece el fuego y provoco un pequeño incendio controlado. La primera calada me calma. Tu polla me calmaría más, los dos lo sabemos. También sé lo que dirías si pudieras oír este flujo de pensamiento, porque ya lo has dicho en otras ocasiones, y lo mejor de todo es que creo que tienes razón: la fijación que tengo con tu polla es propia de un demente. ¿Acaso no tenemos —o teníamos hasta que llegaron esas siete palabras— una pasión demencial e incombustible propia de una novela de Éric Jourdan? Eres un cabrón y lo sabes. Si pudieras oírme ahora mismo, sonreirías y, con alguna frase en la que exagerarías mi acento para hacerme rabiar o tan solo con un ligero movimiento de cabeza, asentirías.

Hay poca gente deambulando por la calle. A estas horas, entre semana, solo se me ocurre la posibilidad de dos tipos de personas: las que persiguen calmar el vacío y las que regresan de atenuarlo. Camino. Observo los edificios, hay pocas luces encendidas, una mayoría de persianas bajadas, los destellos de una televisión muda sobre el techo de un ático. Aplasto la colilla en la parte superior de una papelera. Siempre he temido que arda por mi culpa —temo lo mismo del interior de tu pecho cuando te busco con tanta avidez—, así que no la tiro dentro, sino que la arrojo a la base de la farola en la que está fijada. Prosigo el corto paseo, solo voy a darle la vuelta a la manzana con estos andares deformes que tengo, que resultan de una intervención —más bien de un forzamiento infantil— para adulterar y camuflar la feminidad innata de mis piernas. Muchos maricones andamos como si lleváramos abrazaderas —de metal y metacrilato heterosexual— para compensar la desviación. Corregir las caderas para evitar el castigo. Yo me coloqué el dispositivo regulador en el colegio después de la visión de un niño amanerado que recibía golpes en la cabeza y el costado. Andares impropios.

Mantuve la práctica durante semanas. Recuerdo una mañana fresca y luminosa de abril, de camino a la catequesis —en esta ocasión de la primera comunión—, y puedo verme aplicando rigidez a mis miembros para evitar un balanceo delator. Tenía que avanzar recto, decidido, inhibiendo florituras y curvas. Rectitud en el paso por fuera, dolor dentro de la primavera del niño que fui. Recuerdo también practicar un sábado por la mañana, en el pasillo de casa, mientras mis padres hacían la compra de la semana. Mi culo no podía oscilar como el de algunas niñas de mi clase bajo una falda de vuelo. No. Debía desmembrarme las alas. Y sí, ahora llegan a mis ojos las imágenes de otros ensayos, en la vega, por ejemplo. Mi abuelo marchaba unos metros por delante de mí, yo apretaba los puños, avanzaba como había visto en el cine que lo hacían los hombres del oeste. Una navaja invisible raspaba lo amujerado de mi cáscara dulce. Era una cuestión de supervivencia. Por eso nunca sabré de mis andares propios. Me adelanté y los maté para que otros no vinieran a partirme los huesos.

He dado la vuelta completa a la manzana. Regreso a la misma sala. Cada vez hay menos personas aquí dentro. Reciben una respuesta y se marchan. ¿Cuándo me toca a mí?

No quiero perderte. No puedo perderte.

D

Este país se va a la mierda. Ministros maricones, jueces maricones, presentadores de televisión maricones, políticos maricones, ¿qué es lo siguiente? Al final os enseñarán en el instituto a volveros parguelas. Hablando de mariconazos, le partiste el labio a tu primo de una hostia, ¿no? Ya me dijo tu madre que se puso a restregarte el culo con las bromas de jugar a bailar con todo el mundo. Si no le llegas a dar la bofetada tú, te parto yo a ti la cabeza, ¿eh? A los que no saben comportarse como hombres hay que ponerlos en su sitio. ¿Tú sabes dónde debería estar toda esa gentuza? Los maricones y los travestis, toda esa chusma, vamos, yo lo tengo bien claro. Deberían estar todos ahorcados. No, no me digas que me calle, mujer. Estoy hablando con mi hijo de hombre a hombre, tú lo que tienes que hacer es no meterte donde no te llaman, ¿está claro? Mira, hijo, maricón que veas que se te acerca, sea quien sea, le das con rabia, ¿me estás escuchando? Hazle caso a tu padre, que tu padre sabe de la vida. Y a tu primo, la próxima vez, pégale más fuerte.

Todo eso dice el padre. Y mucho más. Y un enjambre de escamas vuela hacia el cuerpo del hombre que todavía no tiene la apariencia de un reptil, que está en proceso de transformación. Algunas alcanzan la piel de la espalda que permanece descubierta; otras, los hombros y los brazos. El padre habla, envenena, y el hijo se torna cada vez más saurio.

—No piensas abrir la boca, ¿verdad?

La voz del hombre vigilante lo devuelve al presente, a la habitación en la que espera sentado en una silla de plástico de color negro. Le otorga un descanso de escuchar al padre. No responde. Solo hay un amo. Padre-amo.

IV

—¿Cómo fue la primera vez con un hombre? —pregunta el amante español.

—¿Por qué quieres saberlo?

—Curiosidad.

—La curiosidad mató al gato.

—También decimos eso en nuestra lengua. No sé, me lo preguntaba porque acabas de decirme que tus compañeros de trabajo te matarían a golpes si supieran que eres gay. Entonces, bueno, supongo que te lo pensarías dos veces antes de hacerlo, ¿no?

—No te conozco, ¿por qué tendría que contarte algo así?

—Por ese mismo motivo: soy un extraño. No asumes ningún riesgo. Estás muy lejos de casa. Además, ese tipo de historias me excitan mucho. Si me lo cuentas, acabaré con la polla dura de nuevo. ¿No crees que me lo merezco después de la mamada que acabo de hacerte?

—¿Chantaje?

—Llámalo intercambio. Suena mejor.

—De acuerdo. Vas a ser la primera persona que oiga esta historia. Cierro los ojos, ¿ok? Me resultará más fácil así. Allá voy:

»Una de mis primas tiene una relación muy estrecha con mis padres, incluso vivió durante algún tiempo en nuestra casa, cuando era pequeña y yo todavía no había nacido. Ella es de las mayores de la familia, ahora tendrá casi cuarenta, así que, cuando yo era un adolescente y empezó a visitarnos cada Navidad con su prometido, mi prima tendría unos veinticinco; él, más o menos la misma edad. Era —todavía lo es— un tipo serio, reservado y muy educado, alguien de pocas palabras. Se había pasado la mitad de su corta vida cargando y descargando camiones de madera que llegaban al taller de su padre —y quedaba una generosa herencia de ese tiempo anterior en la fortaleza de su cuerpo y de sus brazos—. Ahora es uno de los responsables de la empresa familiar. Cambió el mono de trabajo por la camisa y la chaqueta.

»No sé si a ti te habrá pasado algo parecido, pero hay personas que te hablan con los ojos, quizás porque las palabras que querrían pronunciar están prohibidas. Yo lo noté desde el primer día. Sus ojos azules me decían que los dos éramos iguales. Éramos lo que no se puede ser, el tipo de hombre que no está permitido. Siempre me miraba como un animal cautivo, como alguien que gritaría si pudiera hacerlo, pero que se ve obligado a mantenerse en silencio. Un silencio que supura rabia.

»Me observaba en momentos en los que los demás no prestaban atención, cuando nos cruzábamos por la casa o incluso si nos quedábamos a solas. Yo le devolvía el mensaje, ese hablar sin usar palabras, y así fueron pasando los años, dedicándonos telegramas que tensaban los músculos de nuestro cuerpo. Unos días antes de que llegaran a casa, a mediados de diciembre, empezaba a masturbarme a diario fantaseando con él. Me imaginaba que lo besaba, me rozaba con su barba y le chupaba la lengua mientras nos abrazábamos. La importancia de los detalles, ¿cierto? Me corría con esa imagen final. Mi semen se disparaba en cuanto me concentraba en recrear en mi cabeza cómo sería la sensación de notar su lengua entrando en mi boca y mi posterior reflejo de succión, algo así como si pretendiera tragármela.

»¿No te parece ridículo el modo en el que erotizamos una parte del cuerpo? ¿Por qué su lengua?, me preguntaba muchas veces. Pero, después, yo solo me daba la respuesta. La importancia de su lengua residía en que era el órgano censurado. La herramienta de carne roja con la que habría liberado el deseo entre los dos. Una especie de llave para poner fin a la represión, para decir en voz alta que me quería, que deseaba devorar al primo pequeño de su novia, que ya tenía más de hombre que de niño. Por ese motivo, yo me masturbaba y conseguía correrme al imaginar que le chupaba la lengua.

»Solían quedarse una semana, hasta los primeros días del año nuevo. A mí me excitaba tanto que, a veces, llegaba febrero y todavía seguía corriéndome gracias a él. El caso es que yo crecí, dejé de ser un adolescente, mi cuerpo se convirtió en el de un hombre joven y la consecuencia de ello fue que cada Navidad nos gritábamos más fuerte con los ojos. Gritar con los ojos, qué cantidad de tonterías estoy diciendo esta tarde.

»En una de las visitas, pasó. Yo tenía unos veinte años; él, quizás treinta y cuatro. Una mañana, mi prima y mi madre salieron a hacer algunas compras. Mi padre se marchó con mi hermano al campo. Él y yo nos quedamos solos, en la cocina, desayunando. Uno frente al otro, en una mesa pequeña. No soy capaz de recordar lo que dije ni de lo que hablamos. Solo sé que empecé a estar tan nervioso que contestaba como un robot a cualquier cosa que él mencionara. Los dos llevábamos el pijama puesto. El suyo era blanco, algo viejo y desgastado. Terminamos de comer, él se levantó y vi que su polla se marcaba. La tela del pantalón formaba un arco. Debía de estar comprimida bajo la ropa interior. La mía comenzó a despertar, algo que me sorprendió, porque yo estaba casi temblando. Notaba el calor en la entrepierna y en la cara. Estaba avergonzado, pero sabía que su erección la provocaba mi presencia, así que mi polla empezó a ponerse dura también. Se dirigió hacia el fregadero y dejó dentro el plato y la taza. Cuando se volvió de nuevo hacia mí, el arco había crecido, ahora era más grueso y pude notar a través de la tela el borde de carne que delimitaba el glande hinchado. Estaba tan caliente que el pijama no era capaz de ocultar los detalles de su polla. Me di cuenta de que teníamos los rabos muy parecidos en tamaño y forma. Permaneció de pie, inmóvil. Todavía no me explico cómo me atreví a iniciar el juego, pero continué con lo que llevábamos años haciendo: le hablé con los ojos. Mi mirada iba de su cara a su polla y regresaba de nuevo al punto inicial. Repetí el gesto varias veces. Subía y bajaba, subía y bajaba. Miró por la ventana, se aseguró de que no había nadie cerca, de que todo el mundo estaba fuera y, tras la comprobación, me pidió, con voz asustada y débil, que me pusiera de pie. Creo que los dos estábamos aterrados.

»Lo hice y él pudo ver que también había un abultamiento en mi pantalón. Ven, me dijo. Di un par de pasos y quedé muy cerca de él. Miraba su paquete y el mío, casi a la misma altura, colocados de la misma forma, con el glande apuntando hacia el suelo. Él dio un paso más y nuestras pollas contactaron. La suya estaba tan dura y caliente que podía percibirlo a pesar de las capas de tela que se interponían entre nuestras pieles. Yo seguía evitando mirarlo a la cara, pero notaba su cabeza muy cerca de la mía, su boca buscando mi boca. Empezó a besarme; yo respondí con timidez, primero solo los labios, pero después su lengua se introdujo en mi boca y su mano en mi ropa interior. Una doble invasión que me resultó deliciosa y electrizante. Me besaba y me masturbaba con delicadeza, como si fuera un animalillo al que no quisiera asustar. Yo no era capaz de hacer nada por mi propia voluntad, así que él me cogió una mano y la llevó hasta el pubis. Me estaba pidiendo que yo también lo masturbara. Primero me detuve en el pelo, mucho más abundante y oscuro que el mío, jugué un poco con él y con el borde elástico del pijama; después seguí descendiendo y sujeté su miembro como si empuñara una espada. Puse en movimiento el juego de su piel, lo hice de manera torpe, algo brusca. Su polla quemaba y estaba un poco húmeda. Yo quería que los dos nos bajáramos los pantalones, no me bastaba solo con tocar, sino que quería ver su polla. Hice el gesto de tirar hacia abajo del elástico del pijama, pero él me frenó y negó con la cabeza. Así que seguimos besándonos, él apoyado en el fregadero, con una mano me masturbaba y con la otra me sujetaba la nuca y me acariciaba el pelo. Yo llevé la mano que tenía libre a su barba y a su cuello. Necesitaba disponer de esa parte de él que tanto me obsesionaba. Mi mano cada vez estaba más lubricada por el líquido preseminal que me regalaba su polla e incluso podía olerlo. Nunca me olvidaré de ese aroma. El olor del primer hombre. Aspiraba y mi boca se inundaba de saliva. Los besos continuaban. Los cuerpos tan cerca, vestidos, permitiendo solo un resquicio de desnudez en nuestras ropas que diera acceso a nuestro sexo, a ese juego de masturbación cruzada.

»Me atreví a pedírselo. Tu lengua, susurré. Lo entendió mal y la devolvió al interior de la boca. No, no, dámela, dije. Lo hizo y se la chupé. Succioné como si de ese modo pudiera tragarme todas las palabras que no habíamos pronunciado durante años de deseo castrado. Sí, era algo así, como tragarme sus palabras sin que nadie pudiera oírlas. De boca a boca sin un espacio intermedio. Me corrí mientras lo hacía. La fantasía se había hecho realidad. Instantes después, noté las convulsiones del orgasmo en su cuerpo y que mi mano también se cubría de semen. No emitimos ningún tipo de sonido. No gemimos. Era peligroso hacerlo. Placer silenciado. Solo nos permitimos la agitación de la respiración.

»Tras la última convulsión de su abdomen, me separé de él y me marché. Me encerré en el baño y no pude terminar de lavarme las manos. Levanté la tapa del váter y vomité el desayuno. Esa misma tarde tuve fiebre y pasé el resto de la Navidad enfermo, en mi cuarto. No podía estar frente a él, con mi prima al lado, con mis padres cerca, sin sentirme un gusano repugnante. Me recuperé el mismo día de su marcha, unos días después. ¿Casualidad? No lo creo. El cuerpo es sabio. El cuerpo sabe.

»A partir de ese año, las visitas navideñas de mi prima cambiaron. Me apostaría cualquier cosa a que fue una petición que él mismo le hizo. Buscaría una excusa y la convencería de quedarse en nuestra casa durante solo un par de días. Suficiente, no hay que abusar de la amabilidad de tus tíos, diría. Desde entonces, nos evitamos. Nuestros ojos dejaron de hablar. Nuestros ojos se quedaron mudos. Creo que nos damos miedo, ¿sabes a lo que me refiero? Diría que, quizás, si volviéramos a tocarnos, correríamos el riesgo de derrumbarnos, de no ser capaces de mantenernos firmes en la obra de teatro que interpretamos cada día.

»Y ahora estoy nervioso. No sé cómo he podido contarte todo esto. Jura que no dirás ni una palabra.

—Tranquilo. Lo juro.

5

He vuelto de fumar y la silla de plástico blanco que abandoné hace unos minutos permanece desocupada, así que regreso al mismo lugar de espera.

Demencial. La historia que he vivido contigo durante estos siete meses ha sido y es demencial. Todo lo que voy a confesar a partir de ahora lo desconoces. ¿Cómo que por qué? No seas bobo. Porque la locura asusta, nadie quiere saber de ella, pero el mundo está lleno de locos que hacen todo lo posible por enmascarar la realidad que enfrentan a diario. Fingimos que sentimos como los otros, que pensamos como los otros, pero no es así. Aquí cada persona se las ve con su particular holocausto sin que la mayoría sepa de la destrucción en la que está inmersa. Callamos porque hay que adaptarse, porque es mejor no llamar la atención con extravagancias. Yo ahora me atrevo a darle voz a esta enajenación en la que vivo desde que sé de tu existencia porque estoy solo, aquí, sentado en esta estúpida silla de plástico que me está destrozando la espalda. Prepárate, quiero que sepas que este es el modo en que he vivido nuestra historia.

Dos horas de sexo como presentación —un encuentro esporádico del que no esperaba nada—, un mes posterior de charla sin tocarnos: la distancia lo impedía; después, un fin de semana juntos en el que me lancé al abismo y, a continuación, tu declaración hedonista justo después de esas cuarenta y ocho horas que me ataron a ti de una forma que solo yo podía percibir. Luego, un mes y medio de llanto. Llanto y miedo. Mientras tanto, tú te follabas a otros haciendo uso de esa libertad que tanto detesto. Por último, llegó cierta calma porque me buscaste, porque te olvidaste del resto. Y me alegró que eso ocurriera sin que yo te pidiera nada. No te pedí que vinieras, pero lo hiciste. No obstante, la paz duró poco, solo unos meses, ¿recuerdas las siete palabras de ayer o anteayer? ¿O quizás me lo dijiste hace solo unas horas?

Rebobino, porque lo que todavía me turba es el seísmo que provocó aquel primer fin de semana juntos. Todavía no entiendo qué me pasó, el porqué de la caída tras recibir una muestra de ternura, cuidados y lo que podría ser el sexo contigo.

Lloraba al menos dos veces cada día. Los más duros, en los que no recibía uno de tus mensajes, lo hacía en más ocasiones. Me pasaba al salir de entrenar, quizás por la música que me acompañaba en el camino a casa, que siempre me regalaba alguna frase que podía encajar en nuestra aventura. También lloraba recién levantado, por la calle o en mitad de la noche. Lo repito: demencial, nuestra historia es demencial. ¿Cómo puede llorar una persona tanto solo porque se ha enamorado y el otro no? Aunque creo que lo que me hacía llorar era tu ausencia. Tu ausencia y el convencimiento del desprecio que vive en mí.

Sobre pensar en ti, desde que apareciste en mi vida, solo lo hago en dos ocasiones: día y noche. ¿Sabes de dónde sale esta ocurrencia? Procede de una canción, pero no voy a decirte cuál, porque nunca has soportado a Mariah Carey, ¿quizás porque te resulta demasiado marica? Perdí cinco kilos durante los dos primeros meses de conocerte y le dije a mi analista que debía estar loco —supongo que sigo estándolo—. Ella me contestó que enamorarse de alguien se parece demasiado a un estado psicótico. Yo le pregunté por la razón del llanto constante. No hubo respuesta. Claro, a eso se dedican los psicoanalistas, a sostener el vacío y el silencio. ¿Será que de ese modo uno termina encontrando las palabras que ponen solución al enigma?

Todavía no sé qué contestarme. Tan solo sé que tu presencia me calma y que tu ausencia descompone mi cuerpo. En las sesiones de análisis que te he dedicado en todo este tiempo se han planteado diferentes hipótesis sobre la locura que has desencadenado sin pretenderlo. La primera consiste en que *libidinizo* —ya, extraño término psicoanalítico, pero así lo dijo mi analista— al objeto de amor de tal modo que no me queda nada de libido en —cómo no— el cuerpo. Quizás por eso aquel lunes fatídico, tras despedirnos el domingo de ese primer fin de semana que pasamos juntos, deseé morirme para que el malestar me abandonara. ¿Por qué no se me levanta? ¿Por qué esta impotencia que desaparece si él está delante de mí? ¿Y esta tristeza que lo ocupa todo?, pregunté en sesión a mi analista. Has depositado tu libido en el objeto de amor y no has dejado nada para ti, contestó ella.

Otra hipótesis hablaba sobre lo insoportable que me resulta la incertidumbre y cómo tengo que llenar los huecos para saber. Al parecer, no soy capaz de sostener una pregunta sobre ti y no obtener una respuesta inmediata. Cuando me interrogaba sobre qué estarías haciendo, la ausencia de tu voz para calmarme me resultaba un lobo negro que mordía mi vientre, así que tenía que espantar a la bestia con un pensamiento que provocaba el mismo dolor:

está follándose a otro. Venían así las noches retorciéndome de celos. Noches sin lobos, noches de celos.

¿Estás ya tan asustado que querrías salir corriendo? Hay más, pero no sé si quieres escucharlo. Ojalá no me enamorara de una forma tan obsesiva ni tan posesiva, pero por ahora no he logrado cambiarlo; llevo toda una vida volviéndome loco por los hombres, temiendo el abandono. Soy alguien que se considera digno de desprecio, pero no de amor. Y no creas que es sencillo pronunciar estas palabras en el interior de mi cabeza. No lo es.

Me pregunto si algún día se cerrará esta herida que sangra en intermitencias desde la niñez. También me pregunto si busco los lugares del amor o los del desprecio. Digo esto porque recuerdo bien algunas de las primeras palabras que pronunciaste en mi cama durante el primer encuentro. Mencionaste que no estabas pensando en compromisos, que era el momento de tener amantes. Amantes, en plural. Y yo hice eso que se me da tan bien. ¿No sabes a qué me refiero? Me catapulté contra el muro de lo imposible.

Si tú no querías una relación, mi objetivo se transformaba en que la quisieras. Es una forma de ponerme en peligro, de lanzarme a la enfermedad. Porque esa es la última hipótesis que se ha planteado en las sesiones del análisis. ¿Quizás enfermo para que el otro no se atreva a marcharse? Es posible que no lo entiendas —ni yo tengo muy clara esta cuestión—, pero en mi familia hay un patrón de amar y cuidar al enfermo. Bueno, más que amar al hombre enfermo, se cuida al hombre enfermo porque se presenta como un hombre inválido, alguien que no vale y que no puede sostenerse a sí mismo. Quizás caí para ubicarme en el lugar del enfermo, del inválido, ese al que no puede abandonarse, porque abandonar a un enfermo es algo cruel. Soy el hijo de varias generaciones de mujeres que se han dedicado al cuidado de hombres enfermos, hombres incapaces de disfrutar de la vida. Quizás enfermé de manera inconsciente porque una parte de mí ha visto que el amor aparece en forma de cuidados ante la enfermedad. Suena loco. Rocambolesco. Pero creo que eso no impide que pueda ser así.

Joder, necesito otro cigarro. Esta espera va a terminar conmigo.

No puedo perderte.

No quiero perderte.

E

La voz paterna, nutrida por otras voces, sigue alimentándose y proyectando escamas contra el cuerpo en transformación. Es la garganta del hijo la que se recubre ahora con la iridiscencia del lagarto. Escucha, hijo. Escucha bien lo que tienen que decir los que saben de la defensa de este país, dice el padre.

Y otras voces suenan.

Y las escamas siguen recubriendo el pecho y los flancos del muchacho.

Escucha. Escucha.

Si mi hijo dijera que es gay, trataría de ayudarlo, hay terapias para reconducir su psicología. Los actos del Orgullo impregnan el centro de la ciudad de un hedor insalubre e insoportable. ¿Por qué los gais celebran tanto el día de San Valentín si lo suyo no es amor, es solo vicio? El Orgullo gay es una caricatura y una jornada denigrante, nada tiene que ver con los derechos de los homosexuales. A los niños de ocho años se les dan unos cursillos en los que se les invita a probar nuevas prácticas sexuales y en los que se habla de zoofilia y parafilia.

¿Lo escuchaste con atención? Así está la vida, hijo. La sociedad está pudriéndose gracias a toda esa panda de engendros que ocupan las calles.

Escamas. Escamas para endurecer el cuerpo del hijo.

V

—Tu turno —dice el amante georgiano, y lleva la mano hasta el miembro del hombre con el que comparte cama. Lo toma por la base y comienza a masturbarlo con suavidad.

—No está muy dura porque el final de la historia me ha desconcentrado un poco, pero ya te dije que me excitaría.

—No hay problema. Ahora yo quiero escucharte a ti.

—Ja, ja. Bien, bien. Por lo que veo, no soy el único interesado en primeras experiencias. No sé si mi inglés me va a permitir contarlo como me gustaría; además, tú eres bueno, tío, me ha gustado tu forma de describirlo, pero mi inglés no es tan...

—Olvídate de eso. Tu nivel de inglés es más que suficiente para contar cualquier cosa. Empieza.

—De acuerdo, de acuerdo. A sus órdenes, mi capitán. La tuya tiene un punto romántico y triste, ¿no? Como si fuera algo dramática al final. Incluso diría que te has puesto un poco profundo. Lo mío no tiene nada de eso. Es sexo. Sin más.

—*Spoiler alert! Stop that!*

—De acuerdo, de acuerdo. No soy tan hábil como tú. Allá voy. Esta fue mi primera experiencia con un tío:

»Tenía quince años y estaba en el instituto. Cuando tienes esa edad, te pasas la mitad del día empalmado y la otra mitad, masturbándote. Yo ya sabía que era bisexual y había perdido la virginidad con una compañera un año mayor, del bachillerato de letras, pero no se lo había confesado a nadie. Fingía ser hetero y virgen.

En clase nos sentábamos en parejas, pero cada trimestre te tocaba alguien nuevo. Si no recuerdo mal, era una especie de dinámica que tenía nuestra tutora para favorecer nuevas relaciones dentro del grupo, alguna de esas chorradas para que nadie se quede sin amigos. En el último trimestre, a final de curso, me cambiaron de sitio y tuve que sentarme con un repetidor. Era marica, todo el mundo lo sabía. Y recuerdo que, desde el primer día, sin darme cuenta, empecé a actuar frente a él, no sé, algo así como reforzando una heterosexualidad fingida. Incluso modulaba la voz cuando me dirigía a él para que sonara más grave. Ahora lo veo una estupidez, pero en su momento quería sonar a macho, ¿me entiendes?

»Hablábamos poco, lo imprescindible, sobre tareas o aquello que se estuviera haciendo en clase. Pero la profesora de francés fue la persona clave para introducir el juego entre él y yo. En el instituto solo tenía amigas y era un tipo delgadito, femenino y bromista. Tenía el don de hacerme reír. Tanto era así que en muchas ocasiones teníamos que reprimir la risa para que no nos echaran de clase. Quizás su pluma me hacía gracia. No sé.

»Con el paso de las semanas, me fui comportando con más naturalidad. Vamos, me olvidé de la dura fachada de macho de los primeros días. Un momento, me he perdido. Estaba diciendo que algo fue determinante para que cambiara la relación entre los dos. ¡Ah, sí! ¡La profesora de francés! Era muy joven, simpática, guapa y estaba muy buena. No tengo ninguna duda de que aquella mujer protagonizó las pajas de muchos de mis compañeros. Además, era algo que hablábamos entre nosotros, en mi grupo de amigos, quiero decir. Y yo le iba con el cuento a mi colega marica porque pensaba que le excitaba estar al tanto de lo que se decía dentro de un grupo de tíos cuando estaban un poco borrachos. Tenía la impresión de que era algo que le ponía cerdo y yo lo notaba, porque no dejaba de preguntarme detalles. Él quería mi polla y yo le ponía los dientes largos hablándole de dónde me gustaría terminar metiéndola. Más de un día, nos fuimos a casa empalmados, pero yo no sobrepasaba determinados límites. Lo calentaba para nada, sí, digamos que eso era lo que hacía con él. Me divertía de esa forma, tengo un punto de hijo de puta. Eso sí, él insistía en que algún día acabaría cediendo y le daría rabo. Cuando decía esas cosas, yo me reía, pero no lo negaba.

»Un día, la profesora vino con un pantalón negro ajustado y, cuando se inclinaba para corregir las actividades en las mesas de los estudiantes, yo me apretaba el paquete. Siempre he sido un guarro, pero es que su culo era perfecto. Mi compañero se dio cuenta del gesto y lanzó una miradita rápida a mi polla. Después se dirigió a mí haciéndose el inocente y me preguntó si me ocurría algo. Le dije que la de francés me la ponía dura y que fantaseaba con follármela por el culo contra la mesa de los profesores. Le dio un ataque de risa, no entiendo muy bien el motivo, quizás porque no esperaba que fuera tan bruto, aunque con aquella edad nos partíamos por cualquier tontería, sobre todo si tenía que ver con el sexo. Yo empecé a ponerme nervioso, tampoco quería reírme, pero se produjo ese tipo de situación en la que no debes hacerlo y las ganas cada vez aumentan más.

»La profesora se nos acercó. Teníamos la cara roja e intentábamos ocultarla detrás de los cuadernillos de actividades. Se notaba que estábamos conteniendo una carcajada. No levantamos la mirada hacia ella, pero la oímos ordenándonos que nos fuéramos al baño para lavarnos la cara con agua fría y que, una vez calmados, volviéramos al aula. Fuimos obedientes y salimos de inmediato.

»Estábamos solos, uno al lado del otro, frente al pequeño espejo rectangular que había encima de la hilera de lavamanos, con la cara húmeda y todavía bromeando. Mi compañero se inclinó y adoptó la postura en la que yo había dicho que quería follarme a la profesora de francés. Ese día tocaba Educación Física, así que íbamos en chándal. Le resultó muy fácil bajarse el pantalón y mostrarme el culo. Aquí también puedes meterla, me dijo. Me lancé a por él. Me saqué la polla y empecé a rozarla contra sus nalgas, fue algo así como follármelo sin follármelo. Lo sujeté por la cintura y lo embestí varias veces. Después, nos escondimos dentro del váter y le pedí que me la chupara. Lo hizo sin pensárselo, pero caí en la cuenta de que no podíamos tardar demasiado. No quería que se rumorearan historias sobre nosotros. Se la saqué de la boca y me masturbé con prisa. Ya llevaba años de experiencia con las pajas, así que me corrí en su boca en menos de un minuto. Volví a clase. Él llegó poco después. ¿Más tranquilos?, nos preguntó la profesora. Los dos asentimos escondiendo la mirada entre lápices y cuadernos. Eso fue todo.

—¿No pasó nada más entre vosotros?

—Un par de meses después acabó el curso. Él quería estudiar algo que no se ofrecía en nuestro centro, no recuerdo si era algo relacionado con el comercio, así que después del verano tenía planeado mudarse. Me aproveché de esas circunstancias y el trato fue fácil: mi polla a cambio de silencio. Si incumples el trato, te parto la cara, le dije. Me lo follé varias veces, siempre tomando la precaución de que nadie nos cazara, después no volví a saber de él. ¿Ves?

Mi historia es más salvaje. Creo que nunca lo besé. Lo traté como a una puta.

—Ya veo.

—Después de escuchar esta historia, ¿no te apetece que te folle?

—*No way!*

—No es tan grande, hombre.

—Lo es, solo hay que ver el tono orgulloso con el que lo dices.

—Bueno, tenía que intentarlo.

6

Un día, en análisis, me cansé de aclarar que lo que estaba diciendo no tenía ni pies ni cabeza, que de mi boca solo salían frases sin sentido, que todo lo que sentía era irracional, que describía algo insano y enfermizo con relación a ti. Basta, me dije. Si lo percibo así, ¿por qué ningunear esa parte de mí? ¿Será que mis palabras traen lo enfermo porque ese es mi estado, porque estoy herido y suplicando una cura?, reflexioné en voz alta mientras observaba el techo de la consulta desde el diván. Entonces, le di el cetro al loco que me habita —y que solo despierta ante la proximidad del amor— y dejé que hablara. ¿Y sabes qué? Fue liberador, aunque a ti pueda aterrarte oír estos pensamientos.

¿Qué quieres de él?, preguntó mi analista refiriéndose a ti —o al amor, no sabría decirte—. Todo, contesté. Solo me sirve el amor que llega y arrasa, que completa cada hueco, que ciega y limita el deseo a mi persona. Un amor que desborda. Porque, si no lo hace, pierdo la capacidad de mantenerme en pie. Me contemplo como un hombre fallido. Si el amor no es así, no me sirve. No lo quiero. Me resulta un insulto, una humillación. Si el amor no llega, solo puedo verme como un montón de mierda. ¿Será que eso es lo que me ha dicho el mundo que soy? Es posible.

Un maricón no es más que un montón de mierda. Y quizás semejante basura solo puede dignificarse si se inviste con amor. Quizás esto sea lo que me pasa, que estoy rogando que el amor me saque del fallo, del defecto, del desprecio por ser lo que soy: un maricón.

Todo eso dije solo porque no te habías enamorado de mí. Y más barbaridades, muchas más, como que había fantaseado con lugares de la ciudad desde los que saltar para garantizar mi propia muerte. Los hombres homosexuales tenemos mayor riesgo de suicidio que los heterosexuales, ¿lo sabías? El rechazo social y familiar —rechazo del otro, al fin y al cabo— empuja hacia la muerte. A veces, de forma directa; otras, somos nosotros mismos los que nos consideramos una piltrafa que merece desaparecer. ¿Nunca te has parado a pensar en la dureza con la que los maricas nos tratamos a nosotros mismos? Yo lo observo a diario. Sí, tienes razón, las personas nos maltratamos en general, pero creo que nosotros apretamos un poco más la tuerca.

En terapia, a veces, una imagen intrusiva se coloca delante de mis ojos y detiene el lenguaje. Cuando esto pasa, la observo y la describo. Hablaba de ti —o del amor, qué más da—, cuando me vi con cuatro años, quizás con tres, llorando en un espacio irreconocible. ¿Eso es lo que soy? Un niño que llora la privación de amor en el cuerpo encerrado de un adulto. Me acerco a los cuarenta y todavía no he podido dilucidar qué tiene que ver toda esta destrucción que acompaña al amor con mi persona. Aunque, no sé, cada día dudo más de que esa destrucción de la que hablo tenga que ver con el amor.

En fin, durante varias semanas estuve convencido de que solo tu amor me salvaría, que solo tu potencia me rescataría del fallo, pero la voz del loco empezó a cansarse poco a poco, a medida que hablaba, hasta que me devolvió el cetro. Fue entonces cuando asumí que no podía retenerte, que tu libertad era —y es— sagrada y que tan solo podía esperar a que te acercaras a mí de nuevo. También entendí que no iba a lanzarme desde un octavo si eso no terminaba pasando. Y así fue, pasó el tiempo y me buscaste, yo seguía enamorado —aunque el loco dormitaba— y empezamos a disfrutar de unos meses de cierta calma. De fuego y calma.

Durante el tiempo que tardaste en regresar, aprendí mucho sobre mi modo de vivir, de gozar y de sufrir. Creo que ya te he contado algunas de las cosas que he podido ver y comprender con el trabajo semanal que hago con mi psicoanalista desde que me senté esta mañana en la puta silla de plástico blanco. Sí, sigo esperando una respuesta. Aunque pasan las horas y no llega. La respuesta que espero de ti no llega.

Quizás me repita, no me lo tomes a mal, esta cabecita mía no para y ya no sé qué te he contado y qué se ha quedado sin decir. Por ejemplo, esa cuestión de que hay una parte de mí que se tragó el discurso del desprecio y que solo me considera merecedor de ocupar la posición del abandono tras el uso. Es triste; es más, cuando descubrí que llevo media vida colocándome en situaciones en las que dificulto que llegue el amor, me deprimí. Es duro, muy duro, descubrir que te acercas a los hombres que dejan intacto el discurso del desprecio. Cuando me acerqué a ti —de igual modo que cuando me acerqué a otros—, yo pensaba que actuaba de forma libre, que había algo en vosotros —en ti— que me resultaba muy atractivo. Y así era. Sentía una fascinante atracción por ti porque eso me permitía sostener la idea inconsciente de que no merezco ser amado. En una de las últimas sesiones, le dije a mi psicoanalista que todo me parecía una puta mierda, pero ella —que calla tanto— me dijo que con la mierda se hace abono. Me señaló así una salida. Meses diciendo que eres un hijo de la gran puta, algo que sigo pensando, pero resulta que soy yo, solo yo, el que se coloca frente a lo que vivo como un desprecio. Porque tú serás un cabrón, pero el que no quiso escuchar tus primeras palabras fui yo. Lo dijiste: quiero tener amantes. Y usaste el plural, pero no te escuché. Rechacé tus palabras. Me quedé con otras que dijiste antes de salir de mi casa: me gustaría conocerte. Qué estúpido, ¿no? Como si el hecho de que quisieras conocerme no fuera compatible con que quisieras follarte a media ciudad. ¿Ves lo que te digo? Tú me ofrecías la posibilidad de estrellarme y no dudé en tomar el testigo.

Le hablé de ti a mi mejor amigo después de nuestro primer encuentro. Y él sí pudo escuchar tus palabras, las escuchó en mi boca. Y me recomendó que no me acercara a ti. Si buscas una relación, si te gustaría tener una pareja, cerrada y formal, ese tío no es el adecuado, no te está diciendo que busque eso, me dijo. Ya, pero quiere conocerme, debe de tener un especial interés, le respondí.

Ciego. Sordo. Dominado por el discurso del desprecio.

Necesito otro cigarro. Esta espera nunca termina. ¿Cuándo voy a obtener una respuesta, joder? Me levanto, dejo la sala de espera y vuelvo a salir a la calle. Empieza a convertirse en un ritual.

En esta ocasión, no me basta con una calada. Doy un par de ellas con impaciencia. Hoy estoy fumando demasiado. Qué adicción tan asquerosa y qué difícil abandonarla. Y quizás lo peor de la biografía de este hábito es su nacimiento. El pueblo. Una madrugada de julio del año 2002. ¿Cuántas veces voy a volver al pueblo a lo largo de esta noche? Maldito pueblo andaluz.

Vacaciones. Comíamos pipas en una plaza y bebíamos a morro de un par de litronas en un banco pintado de color verde oscuro. Tres motos estaban aparcadas cerca. Poco antes, el cielo había transitado del azul estival al naranja; después, a un violeta pálido salpicado de veloces tijeras negras que, con un vuelo depredador, cortaban el calor seco y sofocante del peor mes del verano granadino. También recuerdo la delgadez de mi cuerpo durante aquel tiempo. Crecí tarde, pero lo hice de golpe y me convertí en uno de los más altos de mi pandilla. También era el único sin moto. Mi padre se había ofrecido a comprarme una, pero pedí un ordenador. Recuerdo la decepción en su cara y el posterior gesto de aceptar que una reparación de mi virilidad no era posible. Hasta que no te acuestes con una mujer no me voy a creer lo que nos has contado hoy, me dijo la tarde en la que, aterrado, convertido en temblor y lágrimas, había confesado que deseaba a los hombres.

Se acabó la cerveza. Después las pipas. Alguien propuso pasear en las motos. No usábamos casco —éramos tiernos, traidores y falsos inmortales— y tampoco buscábamos un destino concreto. Dejarnos ver. Quizás eso era lo que pretendíamos. Recorrimos las calles principales del pueblo, pero llegó un momento en el que se tornó repetitivo y aburrido. Fue entonces cuando el líder del convoy nos llevó a las afueras, hasta el inicio de los campos de cultivo, y se adentró en los caminos de tierra de la vega. Al atravesar la chopera y la zona del río, la piel de los antebrazos se nos erizó por la repentina bajada de temperatura. Sonido de grillos, nubes de polvo iluminadas por el faro de la moto en la que iba montado y la sensación de que algo iba mal. Nos alejábamos demasiado.

Unos minutos después, volvimos a pisar carretera asfaltada, nos cruzamos con algunos coches y pude reconocer dónde nos encontrábamos. En la distancia, frente a mí, se encontraba un polígono próximo a la ciudad de Granada y el resplandor de unos neones contra la oscuridad de la noche. Mi yo del 2002, el que estaba subido en la moto, también se trasladó a la vivencia de otro recuerdo.

Éramos niños de primaria y volvíamos de una excursión del colegio. Pasábamos por delante de las mismas luces en ese mismo polígono. Yo ocupaba una plaza en la primera fila de asientos del autobús, la que está justo detrás del conductor. Este, de unos treinta o cuarenta años, se dirigió a uno de mis compañeros. No recuerdo nada de su apariencia física, solo su intención de divertirse a nuestra costa. Preguntó a uno de mis amigos si sabía lo que se vendía en el local prendido en rosa y fucsia.

Conejos, contestó un niño de diez años con el que cursé la primaria. Carcajadas. Después, el conductor lo miró y se mostró satisfecho con la respuesta. Orgullo de putero.

En el mismo sitio, años después, mis amigos querían tomarse una copa mientras introducían unos dedos hambrientos en la vagina de una prostituta. Habían alardeado de visitas previas en un par de ocasiones, pero yo no los había creído. Esa noche iba a comprobar que no presumían de una hazaña inventada, que se escapaban al puticlub de vez en cuando si el dinero de la paga semanal daba para asumir el coste de una consumición y que, además, los dejaban entrar aunque no fueran mayores de edad. La retracción de mi pene ante el miedo de la situación me hizo imaginar que yo también tenía una vagina. Las prostitutas y los maricones compartimos la potencialidad de nuestro cuerpo para terminar en cunetas —aunque nunca al mismo nivel—. La rigidez de mi cuerpo y el pulso acelerado en las sienes era lo único que podía percibir en aquel momento de pánico mientras las motos se acercaban al club. ¿Se trataba de una encerrona de mi padre? ¿De un pacto con mis amigos? Llevad a mi hijo de putas. Si lo hacéis, os pago un depósito de gasolina y os invito al cubata, me imaginé que decía.

Cuando aparcaron, se miraron entre ellos y empezaron a sonreír. Sentí que era un animal engañado y guiado hasta el matadero en silencio. No quería entrar, no quería tocar a ninguna mujer, mucho menos a una que estuviera en semejantes circunstancias. Pensé en el hetero, en si me habría ayudado a librarme de la situación. Pero no estaba allí. El promotor de la excursión sacó un paquete de tabaco del bolsillo delantero del pantalón y extrajo un cigarro. Justo después de que lo encendiera, se lo arrebaté con brusquedad. ¿Qué haces?, me preguntó entre sorprendido y enfadado, con la mano suspendida en el aire y los dedos índice y pulgar sujetando un pitillo invisible. No podía entender qué hacía el empollón de clase, del que se sospechaba que era poco hombre, dando una calada a un cigarrillo cuando nunca antes lo habían visto fumar. No supe hacerlo, me ahogué. Mi tos. Sus risas.

Dije que no podía entrar, que eran unos cabrones por haberme llevado allí. Me preguntaron el motivo y me inventé que unas semanas atrás me habían circuncidado. Estallaron en carcajadas. Me preguntaron si tenía fimosis, respondí que sí e intenté fumar de nuevo. Más tos. Más risas. Burlas crueles por no tener una buena polla. Alguien dijo que por eso no me la meneaba, que por eso era un poco mariconcillo. Todavía me quedan algunos puntos, aclaré. No puedo empalmarme. Como se me salte alguno, me desangro, exageré hasta el ridículo. Un nuevo estallido de risa y una petición de que me sacara la polla, de que demostrara que no mentía. Chupádmela, respondí con el cigarro en la mano, sin saber muy bien qué hacer con él y pretendiendo sonar tan macho como ellos. A veces los imitaba. Replicaba la brusquedad que ellos usaban a menudo, escupía, me recolocaba el paquete o insultaba con expresiones que sentía extranjeras pero que utilizaba a pesar de sentir que no me pertenecían. Padecía la masculinidad. Y quizás eso es lo único que he hecho con ella durante toda la vida. Padecerla.

Permanecieron unos instantes observándome, con una mueca de burla y condescendencia cristalizada en el rostro. Se miraron y pude leer en las medias sonrisas que se dirigían unos a otros que me consideraban una causa perdida, como mi padre. Se dieron la vuelta y pronto los bañó la luz rosada de la casa en la que se vendían conejos. Yo di otra calada al cigarro. En esa ocasión sin tos. Sin risas.

No quiero perderte. No puedo perderte. Termino de fumar y regreso a esa jodida silla de plástico blanco. Debe de quedar menos tiempo para saber algo de ti.

F

Hoy viene el maricón de tu primo, ¿no? ¿Cómo que prima? ¿Qué es ese cuento de que ahora es tu prima? Tu tía, que es mi hermana, parió un niño con dos huevos y una pilila que daba risa, pero bueno, ese es otro asunto. En fin, que lo que tuvo tu tía fue un pedazo de maricón, qué le vamos a hacer, pero no tuvo una niña. Lo que ha criado es un bicho raro. Eso sí, ¿me escuchas? Y con esa desgracia va a tener que cargar hasta que se muera. ¿Tú sabes lo que ha faltado en esa casa? Buenos palos. Si el primer día que dijo que quería una muñeca le hubieran partido la boca de un bofetón, no habríamos llegado al punto en el que está ahora la familia. Un maricón pintado, eso es tu primo. En cuanto él entre por la puerta, salgo yo. Así os lo digo. Y tú te vienes conmigo. A ti no te dejo yo aquí con ese mariconazo. ¿Transexual? Repite la palabra y te dejo sin dientes. Tu primo lo que está es enfermo, ¿me oyes? Te lo voy a repetir por si no te ha quedado claro: enfermo.

Escamas.

Enfermo. Escamas.

Escamas.

Queda poco del niño, queda poco del joven. Es el reptil el que toma forma.

VI

El amante georgiano ha empezado a vestirse. Lo hace sin prisa, como si no quisiera irse y buscara alargar el encuentro. Quizás porque no solo ha compartido sexo, sino también fragmentos de su vida más íntima y secreta. Ha descrito escenas de las que nadie más sabe. La escucha del otro sana. La escucha del otro resulta necesaria. Y el amante español es ahora mismo el único que conoce en esa posición.

Pide por favor desodorante. El anfitrión camina desnudo hasta el cuarto de baño y regresa con un bote blanco de tapón rosa. El detalle no pasa inadvertido. Pregunta si es un producto femenino antes de destaparlo. No, calma; aunque tenga ese color, es de hombre, lo tranquiliza. Retira el tapón, lo huele, confirma que la fragancia no pondría en peligro su masculinidad, que nadie pensaría en él como un sujeto afeminado de esos que a veces ha visto por la calle. Pecado capital. Se aplica en las axilas, da las gracias y lo devuelve. Se acaricia el torso desnudo, permanece sentado en la cama. El amante español se sienta a su lado. Quiere decirle algo, pero sospecha que el tema podría resultarle poco agradable, más bien incómodo, por algunas confesiones que han ido apareciendo a lo largo de la tarde. Lo intenta.

—Si hubieras venido hace unos días, habrías podido asistir al Orgullo. Es divertido.

—No, ese tipo de fiestas no son para mí.

—¿Por qué? —pregunta, aunque ya intuye el tipo de contestación que se aproxima.

La respuesta consiste de nuevo en elevar la mano y mostrar el anillo. El anfitrión piensa en ella, en la supuesta prometida que no termina de creerse. Se pregunta qué estará haciendo en ese momento, si también muestra la alianza a una mujer desnuda en un hotel, si ha aprovechado la ausencia del hombre, del prometido, para devorar la carne de una extraña de nombre desconocido. Se recrea en la fantasía. Piensa que sería algo divertido, más justo para los dos.

El amante español tiene un punto canalla, es un tipo un tanto insensible, duro con las palabras bajo el amparo de la honestidad. Sí, es todo eso, pero también tiene un pequeño corazoncito que hace algo distinto a empujarlo a follar. Y lo piensa de verdad. Piensa que, si la prometida tuviera una amante, la historia sería menos dolorosa. Algo así como que los dos estarían salvándose el uno al otro. Sí, ojalá fuera así, piensa.

—Nadie te conoce aquí. Además, a las fiestas del Orgullo va todo el mundo. Las calles se llenan de personas, de familias heterosexuales que van a conciertos y bares. La gente quiere bailar y reírse, sin más.

—Uno nunca sabe a quién puede encontrarse.

—Tienes razón. El mundo es un pañuelo, pero sigo pensando que habrías corrido un riesgo muy bajo.

—Además, ¿por qué tengo que salir a la calle para gritar a todo el mundo lo que me gusta? No es necesario hacer algo así.

—Bueno... —dice, pero desiste de dar argumentos al comprender que el amante georgiano podría ser tan homófobo como él mismo lo fue una década atrás. Como lo seguirá siendo, aunque a veces ni él mismo lo perciba.

—¿Qué?

—Nada, nada. Olvídalo. ¿Se celebra Orgullo en tu país?

—Este año se canceló.

—¿Por la pandemia?

—Por seguridad.

—¿Qué quieres decir?

—Varios hombres destrozaron la sede de los organizadores. Lo vi en redes. Tengo una cuenta falsa para enterarme de ese tipo de cosas. Mira.

Se levanta, aprovecha para recoger la camisa del suelo y se la pone. Da varios pasos hasta llegar al escritorio de la habitación, donde dejó el teléfono móvil y la cartera. Se hace con el aparato. Vuelve a la cama. Busca en la galería un vídeo. Lo pone en marcha y orienta la pantalla para que el amante pueda ser testigo del odio en movimiento. Tres hombres se encaraman a la fachada de un edificio, escalan el balcón de la sede del colectivo. Cuando lo logra el primero de ellos, una muchedumbre próxima silba y grita. Los vítores se repiten cuando el energúmeno se pone de pie en el balcón y, tras un gesto victorioso, arranca una bandera arcoíris. La lanza al vacío y, a continuación, con ayuda del otro fanático, que consigue también saltar al interior, se afana en arrancar la bandera que cubre la verja de un extremo a otro. En la plaza se festeja de nuevo la destrucción de los símbolos *queer*.

—No sabía que había pasado esto. No estoy muy pendiente de las noticias. ¿Qué hacen ahora?

—Están forzando la cerradura para entrar. Una vez dentro, lo rompieron todo.

—¿Nadie hizo nada para evitarlo?

—Nadie.

—Joder, año 2021, pero no lo parece. Esa es la bandera de tu país, ¿verdad?

El vídeo continúa reproduciéndose; el furor de la masa se intensifica, es como si se celebrara una fiesta tras ganar la guerra. En un balcón próximo al que ha sido vandalizado, se ve a otras personas ondeando una bandera blanca con una cruz roja central que divide la superficie de la tela en cuatro cuadrantes. En cada uno de ellos hay una cruz de menor tamaño. El amante georgiano detiene el vídeo. Bloquea el móvil. No contesta.

—El desfile se canceló porque una multitud de hombres cortó el paso a los manifestantes. Quemaron banderas, varios activistas acabaron heridos, también algunos periodistas. Uno de ellos murió días después.

—No me lo puedo creer. Un periodista muerto, ¡joder!

—Puedes buscar la noticia, te saldrá sin problema en cualquier buscador. Pero ¿sabes lo que pienso?

—¿Qué?

—Que no deberían manifestarse. Es mejor pasar desapercibido. Es mejor no provocar a esas bestias.

—Quizás, no sé.

—Yo sí lo sé, tío. Es peligroso. Es mejor que cada uno haga su vida sin hacer mucho ruido. A nadie le importa lo que hagamos en una cama. A nadie le importa si me acuesto con hombres o con mujeres. Es mi vida privada. ¿Por qué esa manía de exponerse así?

—Está bien. No te enfades. Aquí vivimos una situación muy diferente, aunque no vayas a pensar que está todo conseguido. No es así tampoco en España —responde y, aunque no lo plantee, porque no le apetece discutir con él ni provocar su mal carácter, reconoce el desacuerdo al escucharlo. El problema no es lo que se hace en una cama, no es lo privado. El problema es la existencia. Pero se calla, porque él también sostuvo un argumento similar durante bastante tiempo.

—En ningún sitio está todo logrado. El mundo perfecto no existe. Ni existirá.

—Te veo un poco pesimista.

—Realista, tío. Realista.

—Bueno, pero eso que ha pasado en tu país me parece una putada. Demasiado odio.

—Ya te lo dije antes: prefiero no pensar mucho en nada de esto.

—Lógico. Lo contrario es para deprimirse. Oye, ¿qué vas a hacer en estos días de visita por la capital? —pregunta para cambiar de tema, para dejar de hablar con el invitado de una realidad tan dolorosa.

—¿Dónde están los sitios discretos para tener sexo con hombres?

7

Continúo sentado en la misma silla blanca y del nerviosismo inicial he pasado al desánimo. Además, este reposo obligado me exaspera. Si quiero experimentar algo de movimiento, parece que esta noche solo tengo la posibilidad de recorrer la manzana cada vez que salgo a fumar o de hacer viajes en el tiempo hasta mi pueblo. Bueno, no es cierto, hay un tercer lugar. Mi psique regresa también a las sesiones de análisis una y otra vez —aunque, ¿sabes? En algún momento me he preguntado si era mi análisis o más bien el tuyo, porque no dejaba de hablar de ti. Y me permitía el lujo de insultarte en voz alta. Ese hijo de puta, decía. Ese cabrón libre, insistía. Mi psicoanalista hizo un señalamiento muy particular cuando me quejaba de que te habías mostrado en ropa interior en una de tus redes sociales. Yo hablaba de mi enfado, de la tortura que suponía imaginarme otros posibles destinatarios de esa imagen. ¿A quién más le estabas mostrando el cuerpo? ¡El cuerpo! Esa jodida palabra. Entonces, mi analista me dijo que quería hacer una lectura. Me avisó de que diría en voz alta algo que quizás me resultara brusco. Yo le contesté que no se preocupara, que me exponía a sus palabras.

Puta, dijo. Tuve un arranque de risa, pero me puse serio pronto. ¿Puta?, pregunté para confirmar que había entendido bien lo que había dicho. Sí, puta, insistió. ¿Qué asocias tú con puta?

Silencio.

Me quedé pensando mientras observaba el techo de la consulta desde el diván. Qué demonios asociaba yo con una puta, aunque lo primero que me vino a la cabeza es que yo también había sido una o al menos me había sentido tratado como una de ellas de un modo parcial. Solo tenía que pensar en mi historia con el hetero. Un cuerpo, una boca, para satisfacer una necesidad a cambio de nada. Pero la cuestión no quedaba reducida a ese asunto, había más. Me he comportado de manera muy promiscua. Puedo tener sexo con hombres, es más, lo he practicado en algunas etapas de mi vida en una abundancia innecesaria, de forma compulsiva y excesiva. El sexo no es un problema, a lo que tengo miedo es a eso que se desencadena ante la proximidad del —no sé si llamarlo— amor. El sexo es fácil. Puedo conseguirlo. A veces incluso lo he practicado sin ganas y, en un par de ocasiones, sintiendo cierto asco por la persona que me acompañaba. Sí, el sexo permitía la ilusión de intimidad, el espejismo de compañía, pero por qué motivo me iba a molestar que tú hicieras un poco la puta en tus redes sociales, ¿por qué? Aparté la lectura que había hecho mi psicoanalista de un manotazo.

No tengo ningún problema con el hecho de comportarme como una puta ni tampoco me preocupa que los demás lo hagan, te lo digo de verdad, expliqué. ¿Y entonces, qué es lo que te molesta tanto de él y de su libertad sexual? Hay que abrir el significante *puta* para descubrir qué se despliega en tu discurso, dijo mi analista en uno de esos infrecuentes momentos en los que encadena más de cuatro palabras seguidas que van dirigidas a mí. Tú no lo sabes, porque nunca te he contado nada sobre mis sesiones de análisis —obvio, en ellas solo hablo de ti y te insulto, ¿cómo compartir algo así contigo?—, pero hay días en los que mi analista solo pronuncia un par de frases. Al principio era extraño, después me acostumbré a disponer del tiempo de la sesión para decir todo aquello que necesitaba sacar de mi cuerpo.

No exagero si digo que me mantuve durante más de un minuto en silencio. Puede parecer poco, pero un silencio de más de sesenta segundos delante de tu psicoanalista se puede convertir en algo interminable. No obstante, ella sabe sostener esos tiempos de la nada y yo, bueno, voy a decir que los tolero. Al final lo dije: no soporto que sea libre en lo sexual porque el sexo puede llevarlo al enamoramiento primero; después, al amor. Ese es el problema. Si aparece el amor, lo pierdo.

Mi analista emitió uno de esos sonidos agudos con la garganta que me resultan tan suyos, una especie de afirmación sin palabras. ¿Qué?, pregunté. Se está planteando aquí que el sexo es poderoso y puede llevar al terreno del amor, dijo. Bien, quizás esos celos tengan ahora algo más de sentido, ¿no crees? Lo que me sigo preguntando es si tú asocias algo más en relación con la puta, insistió.

No tardé en contestarle que las putas se usan. Las personas las tratan como productos de usar y tirar, expliqué.

Regresó el silencio. Otro de esos que se prolongan demasiado. ¿Se puede querer a la puta?, preguntó mi analista. ¿Pero quién es la puta?, interrogué de vuelta, y me gustó que no pudiera contener la risa. Son momentos en los que la noto más cerca y no tanto como esa figura femenina, fría y distante que sabe y a la vez dice no saber lo que me pasa. Esa es una muy buena pregunta, me contestó. No sé quién es la puta, eso lo veremos quizás un poco más adelante, pero yo lo que te pregunto es si se puede amar a la puta. Antes de que terminara de hablar —estas cuestiones me ocurren en las sesiones de psicoanálisis—, la imagen ya se había formado en mi cabeza. Se la describí.

Era de noche, había una calle empedrada y una fachada con una ventana baja protegida por una reja. Unas manos de mujer se aferraban a los barrotes. En el exterior había un caballero, un hombre apuesto con sombrero, capa y espada. Dedicaba palabras de amor a la doncella encerrada, pero yo sabía que ese tipo se iría de putas en cuanto dejara de hablar con ella.

De nuevo se produjo otro largo silencio.

Será mejor que no perdamos de vista esta imagen. Es muy interesante, dijo mi analista. ¿Por qué?, pregunté. Porque se plantea que el amor está encerrado. En tu imagen, se representa como inaccesible. Sí que se tiene acceso a las putas, al sexo, pero al mismo tiempo parece que no hay amor hacia ellas. Es como si en tu subjetividad, en tu mundo interior mental, el amor y el sexo no pudieran ocupar el mismo espacio, ¿no te parece? Por eso te pregunto si se puede amar a la puta, pero la respuesta que se ofrece a nivel inconsciente es que no. Más bien, digamos que se ha producido una escisión entre el amor y el sexo.

Volví a necesitar un tiempo para pensar. ¿Qué tenía que ver todo aquello contigo? ¿Qué relación había entre esta cuestión de ser o no la puta, o si las putas se pueden amar, y que yo estuviera descompuesto, muriéndome de angustia, porque tú y yo habíamos follado una vez y el pánico al abandono me había invadido de pies a cabeza? Me decidí a preguntar. No obtuve respuesta. Así que volví a sumergirme en el silencio. Poco después, arranqué de nuevo.

Pero, a ver, yo quiero que me quieran. De acuerdo, dice ella. Yo quiero que me quieran, repetí. Eso lo tengo claro. Ahora bien, en cuanto aparece alguien y quizás se presente la posibilidad de amor, solo espero el desprecio. Lo que está claro en mi cabeza es que no me van a querer. Podemos follar, me pueden decir palabras bonitas, pero, al final, no me van a querer. ¿Es esto lo que se está planteando aquí?

Claro. Eres la puta, dijo mi analista. Alguien con quien se puede follar, y uso ese término a propósito, pero el amor es otro terreno y, al parecer, te está vetado. Lo hemos visto en la imagen que has descrito. Yo empecé a reírme, porque acababa de llamarme puta y estaba a punto de pagarle la sesión. Me lanzó una última pregunta antes del cierre. ¿Cómo fue el primer encuentro con este chico que ha desorganizado tu universo? ¿De qué se habló? La puta está agotada. Te lo cuento el próximo día, bromeé.

G

Lo de esa gente es vicio y enfermedad. Sí, lo que oyes: enfermedad. La mayoría, no creo que se salven muchos, son unos sidosos, dice el padre. El resto, pederastas. Escamas. Nuevas escamas recubren el abdomen y el cuello de la figura semihumana. Maricón que se te acerque, maricón al que le echas la boca abajo, no te lo tengo que repetir más. Creo yo que ya te lo he dicho muchas veces. Yo los tiraría a un foso y los quemaría vivos.

Ahora el maricón de tu primo dice que quiere ser una mujer, ¿no? Poco le pegaste cuando vivía aquí. Qué deshonra para la familia, un travelo pintado como un payaso por Madrid. Si llega a ser mi hijo, me lo cargo. Me lo cargo con mis propias manos. ¿Y qué piensa hacer? Ponerse tetas y cortarse la polla, ¿no? Vosotros no sabéis lo que estáis diciendo, ¿que lo deje en paz? Me cago en mi puta vida. Porque no puedo meterme en esa casa, porque ya no mando en mi hermana, pero, vamos, si de mí dependiera, tu primo no sale vivo de la paliza que le pego. ¿Y sabes cuál es el problema? El problema es que tu tío también es un maricón. Un mierda que nunca ha tenido los cojones suficientes para poner en su sitio a tu primo. Siempre con esa basura de que era un niño muy sensible. Un maricón, ¿me escuchas? Tu primo es un pedazo de maricón y acabará chupando pollas en cualquier parque de Madrid.

Escamas. Más escamas. La transformación está llegando a su fin. El padre logra, tras años de insistencia, que el hombre no sea hombre, sino bestia. Reptil.

VII

Cruising. Quiere saber dónde están los sitios de *cruising* de la ciudad, piensa. También se pregunta por qué motivo no ha usado ese término, *cruising*, tan simple y directo, en lugar de construir un anillo de palabras para girar en torno al mismo pozo de placer, ¿acaso pronunciarlo es demasiado marica para él? Podría ser, ha dado varias muestras de la propia homofobia que padece y de la que no tiene la menor consciencia, se contesta en el monólogo interior que mantiene mientras el invitado termina de vestirse. ¿Dónde están los sitios discretos de la ciudad para tener sexo con hombres?, ha dicho el amante georgiano.

—Conozco una zona en la que hay movimiento de tíos. No está muy lejos de aquí. Es un parque; si vas después del atardecer, encontrarás algo que te guste entre los arbustos del fondo. ¿Sueles hacer esto en tu ciudad?

—¿Estás loco? De ninguna manera. Sería muy arriesgado, te lo he dicho hace nada. No quiero que me maten por encontrarme con un tío arrodillado frente a mí mientras tengo los pantalones bajados.

—Ya, después de lo del vídeo que me has enseñado y de todo lo que hemos hablado, no sé cómo te he preguntado eso, perdona. ¿Y qué hay de las saunas?

—Tampoco podría arriesgarme y no sé si hay locales de ese tipo en mi ciudad. Lo dudo. Además, encuentro muy excitante la idea de tener sexo con un extraño en el exterior, entre los árboles, por ejemplo, ¿a ti no te gusta?

—Podría ser. Estoy en una nueva etapa en la que experimentar. Aunque me está suponiendo algunos problemas.

—¿Qué quieres decir?

—Yo no llevo un anillo, pero también tengo pareja.

—¿En serio? ¿Una mujer también?

—No. Tengo novio, aunque no llevamos mucho tiempo juntos.

—Tengo novio. Suena extraño que un hombre diga eso en voz alta.

—Si te digo la verdad, a mí también se me hace raro decirlo, aunque sé que a ti te causa sorpresa por un motivo distinto. Yo es que no sé si quiero tener pareja. Creo que prefiero divertirme con unos y otros, ¿me entiendes? No me apetece atarme a nadie.

—*Bullshit*.

—*Bullshit?* —pregunta el amante español, sorprendido por el enojo, por la agresividad de la respuesta, que le ha recordado al chasquido de un látigo. No sabe qué significado dejar flotando entre los dos. ¿Gilipolleces? ¿Basura? ¿Mentira? ¿Quizás una cuarta acepción que desconoce?

El amante georgiano se ata los cordones de los zapatos, ahora lo hace con prisa. Después, se coloca frente al anfitrión, de pie, y cruza los brazos por delante del pecho. Se muestra severo, recuerda a un soldado que duda de si debe acabar o no con la vida del enemigo, si debería decapitar al bisexual privilegiado que está sentado en la cama, con el cuerpo desnudo, y que lo observa sin entender del todo qué ha desatado la tensión en el invitado.

—*Yes. Bullshit.*

—¿Te has enfadado porque tengo pareja? Tú también la tienes, no me jodas. No hago nada malo por divertirme.

—No es lo mismo. No es la misma situación.

—¿Por qué?

—Ojalá pudiera estar con un hombre sin que eso pusiera mi vida en peligro. Tú puedes hacerlo, eres un afortunado y, mírate, no sabes si quieres tener pareja.

—Nadie valora lo que tiene o todos queremos lo que no tenemos. A mí lo que me gusta es disfrutar y pasármelo bien, ¿qué tiene eso de malo?

—Lo queréis todo. Ese es el problema de los tíos como tú. De la sociedad actual. Mandato capitalista. Hay que tenerlo todo, ahora, ya, sin límites, incluso en las relaciones.

—¿Mandato capitalista? ¿De qué cojones estás hablando?

—Olvídalo. ¿Tu pareja sabe que tienes relaciones con otros hombres?

—Mira, he quedado contigo para follar. No esperaba más, pero al final se ha dado buen rollo e incluso me ha gustado aprender cosas de ti y de tu país, pero ponernos ahora en modo discusión matrimonial me pone la polla muy floja. Así que no quiero hablar de eso. Son cosas íntimas.

—Cosas íntimas. ¿Y cómo llamas a todo lo que yo te he contado? Ahora recurro a tu argumento: yo también soy un extraño. Vivo muy lejos, ¿qué problema hay en que me cuentes qué ocurre entre tu novio y tú? No voy a contárselo. Aunque, bueno, quizás me lo encuentre esta noche en alguna aplicación. Quizás me lo folle.

—Me estás dando de mi propia medicina. Respecto a eso último que has dicho, ojalá te lo encuentres y te lo folles esta misma noche. Hazlo a cuatro, es como más le gusta. Para mí, sería un alivio. Así me dejaría un poco en paz.

—¿Por qué?

—Él no quiere una relación abierta, pero yo necesito follar con otros tíos. A veces también lo hago con mujeres. La rutina me mata, en general, pero también me mata la rutina de los cuerpos. ¿Me entiendes?

—No, no te entiendo. O me cuesta entenderte. Será una diferencia cultural. Tú lo llamas rutina de los cuerpos, yo lo llamaría consumo de los cuerpos.

—Vamos, venga ya, señor comunista. No creo que los maricones de tu país sean muy distintos a los que vivimos aquí.

—Sabes demasiado de mi país para no haberlo pisado nunca. Porque no has estado allí, ¿no?

—No, no he estado.

—Entonces no deberías hablar con tanta ligereza de una realidad que no conoces.

—Lo único que estoy diciendo es que no puedes pasarte dos años comiéndote el mismo culo. Necesitas uno nuevo, uno más joven o más estrecho. Es así. Las personas nos cansamos muy pronto de los cuerpos y queremos algo fresco, algo que te vuelva a erizar el vello de la piel. Eso no tiene nada de malo ni tampoco está relacionado con el capitalismo, ¡menudas teorías tienes! Pero mi novio no lo entiende y se pone a lloriquear. Es un poco patético, ¿no crees?

—*Such a whore.*

8

No sé cuántas horas llevo esperando. Más de cuatro. Menos de siete. Me duele el culo de estar aquí sentado y necesito otro cigarro. Me levanto de un salto y dejo en el asiento un paquete de pañuelos de papel, uno de ellos se ha salido de la funda de plástico, está suelto y un poco arrugado. Elementos con poder suficiente como para que nadie quiera ocupar mi lugar, aunque sea por el repelús de tocar algo así en un sitio como este. Es curioso, los seres humanos nos apegamos o nos vinculamos incluso a los objetos más ridículos —como una estúpida silla de plástico blanco de una sala de espera—, pero creo que no son los objetos a lo que nos apegamos, sino a la cadena significante que nos une a ellos. Por ejemplo, esta silla te representa a ti, maldito hijo de puta, por eso es importante. Ahora me pregunto qué significas tú y me respondo con solo siete palabras. Tus últimas siete palabras.

Salgo a la calle, observo el cielo contaminado de esta ciudad —cada día la odio más—, enciendo el cigarro y la primera calada me reconforta. Ahora vuelvo a verme en el diván, con las piernas estiradas y los brazos descansando sobre el abdomen. La mirada rastrea el techo de la habitación como si hubiera ahí un mapa oculto de mi neurosis.

Ese día, a pesar de que lo único que tenía en el estómago era un vaso de leche y ya daban las ocho de la tarde, mostraba algo de buen humor —quizás era esto que se dice de reír por no llorar—. Debí estudiar una licenciatura en Teología, dije mientras mi psicoanalista colocaba su silla a la altura de mi cabeza, pero orientándola hacia la ventana. Siempre me da la espalda. Supongo que es algo que le permite esa escucha psicoanalítica tan compleja de la que no entiendo nada y en la que todo puede ser útil. A ver, cómo es eso de estudiar en el seminario, respondió.

Sí, lo que se está planteando en estos meses de análisis es que no soporto la ausencia del objeto amoroso. En cuanto espero o deseo el amor de alguien, algo dentro de mi cabeza se gira —o se enreda— y siento como si tuviera que convivir con un tornado entre las orejas. No hay descanso. La angustia toma el mando. ¿Está? ¿No está? ¿Lo volveré a ver? Bueno, esas y otras muchas preguntas. ¿Saldrá adelante esta relación? ¿Será que no le atraigo? ¿Qué va a pasar? Lo peor de todo es que me resulta agotador. Me convierto en un niño de dos años devorado por la incertidumbre durante su primer día de guardería. ¿Volverá mamá o la he perdido para siempre? Si me hubiera metido en el seminario, me habría terminado casando con Dios. ¿Entiendes ya la solución?, le pregunto, pero no obtengo respuesta. Siempre el silencio de mi analista.

Dios es omnipotente, omnipresente y su amor lo puede todo. Un hombre así es la solución a todos mis males. Debería dejar de pagarte cada semana y hablar con un cura, dije, pero mi analista no suele caer en mis provocaciones, así que ni se inmuta. No podré verlo, pero al menos me calmará porque sé que siempre va a estar ahí, quizás pueda olvidarme durante un tiempo de la cuestión del sexo. Adiós a los celos, adiós a la inseguridad, adiós a volverme loco con esta cuestión de qué va a pasar entre nosotros. A Dios. ¿Pillas el juego de palabras?, continué con la broma, pero tampoco obtuve respuesta. En definitiva, supongo que Dios es el único hombre que viene con garantía de eternidad, ¿no? Aunque, ahora que lo digo, quizás también pueda resultar un tostón. No dejo de decir tonterías, ¿puedes ayudarme a reconducir la sesión, por favor?, terminé por pedirle.

¿Cuáles fueron sus primeras palabras?, me pregunta con el tono suave. ¿Las primeras palabras de Dios?, bromeo una vez más. Diría algo así como: «Os doy la vida y la libertad, ahora jodeos unos a los otros hasta decir basta». Pude percibir, aunque no pudiera verla, que sonreía. No, no, me refiero a la primera conversación con ese hombre al que llamas hijo de puta u hombre libre, aclaró.

Pensaba que había contado esa historia en numerosas ocasiones, pero al parecer no era así, por lo que regresé a ese primer momento: él llegó a mi casa después de que nos encontráramos en una aplicación de citas —donde *cita* significa *sexo* en un altísimo porcentaje de los casos—, me dijo que era más guapo en persona que en las fotos, empecé a besarlo y poco después ya estaba de rodillas haciéndole una felación. Me llevé la sorpresa de comprobar que el tamaño era mayor del esperado, así que me costó emplearme a fondo. Oí que decía que teníamos que repetirlo y pensé de inmediato que era un cantamañanas al que no debía darle ningún tipo de crédito. No tardó en correrse y me felicitó por mis habilidades. Entonces nos tumbamos en la cama, su color de piel contrastaba con el blanco de mis sábanas —un dios gitano— y, tras intercambiar algunas palabras, más bien algunos datos básicos, me contó que estaba pasando por un mal momento, que no estaba bien. Yo permanecí en silencio, quedé a la espera de recibir más detalles. No se hizo rogar. Habló de una ruptura reciente, de la imposibilidad de iniciar algo formal y del deseo de jugar, de divertirse con las personas. También mencionó la existencia de un ex un tanto perturbador. Lo estaba acosando. Se la volví a chupar, nos corrimos y, antes de irse, me dijo que quería conocerme. Añadió que era un tipo con una especial capacidad para detectar buenos tíos, dijo que yo lo era, que merecía la pena que nos conociéramos a pesar de la distancia. Después ya sabes lo que vino, varias semanas comunicándonos por medio de una pantalla o de un altavoz. ¿Sabes? Cuando le hablé a mi mejor amigo de este tipo y describí su situación, él se limitó a decir una palabra.

Me mantuve en silencio. Quería que mi analista me preguntara. Deseaba algo de ella. Pasaron los segundos, quizás todo un largo minuto de silencio. ¿Qué te dijo tu mejor amigo?, preguntó. Huye. Eso fue lo que me dijo mi mejor amigo: huye. ¿Y qué hice yo? Lanzarme de cabeza a la capital. Pasamos el fin de semana juntos en Madrid y fue —te lo dije en la primera sesión— maravilloso. Maravilloso hasta que lo perdí de vista y me puse a llorar. Un día después me hundí, deseaba morirme. ¿Qué explicación tiene todo esto?, pregunté con cierto tono de cabreo. Llorabas porque sabías algo, dijo mi analista. Su respuesta me enfadó todavía más, pero el psicoanálisis es así. Uno va a las sesiones a trabajar duro, a buscar los puntos borrosos, las cuestiones que no son claras, que resultan contradictorias o paradójicas. Me tomé un tiempo para responder y después dije que lloraba y que me estaba hundiendo porque sabía que me esperaba el desprecio. Lo peor de todo es que llevo años haciéndolo. Eso es. No busco los lugares del amor —joder, diría que incluso salgo corriendo de ellos—, busco los lugares del desprecio. Este cabrón me dijo que no podía darme amor y yo fui en busca de ese amor imposible. Usé el engaño. Me dije que las personas cambian, que los sentimientos son maleables y que, por mucho que él dijera que no estaba listo para un nuevo amor y que quería diversión, yo debía sacarlo del desamor. Me sometí a un examen narcisista. ¿Era yo tan bueno y tan deslumbrante como para lograrlo? ¿Eran mis mamadas y mis conversaciones tan espectaculares como para que quisiera quedarse a mi lado? Me tendí la trampa y me lancé a ella.

Tienes razón, dije a mi analista. Me coloqué en la posición de puta y me estoy dedicando a odiarlo por ser coherente, por mantener aquello que dijo el primer día. Él se presentó como alguien que quería amantes, en plural, que necesitaba divertirse. ¿Será que soy yo el que no se atreve a exponerse al amor? ¿Será que llevo toda una vida ofreciendo mi cuerpo al desprecio porque sí sé nadar en esas aguas? Pero sigo sin entender esta cuestión de sentirme tan deprimido. ¿Para qué se deprime uno cuando cree estar ante la posibilidad del amor?, pregunté a mi analista y ella me pidió que asociara con la palabra enfermo. Qué difícil me resultaba eso de la asociación libre.

Lo primero que me viene a la mente es encierro, dije. Encierro en el sentido de que no se puede abandonar a un enfermo. ¿Para ti qué significa abandonar a un enfermo?, me preguntó. Desatenderlo, alejarte de él. No se puede abandonar a una persona que enferma. Es inhumano, afirmé. ¿Será entonces que te deprimes, que enfermas para que el amor no se marche? Es una forma antigua de buscar cuidados. Y, a su vez, los cuidados son una forma de amor.

Ana-lista.

Ahí tenía una posible explicación a por qué me deprimí en cuanto desapareciste de mi campo visual. Tengo la impresión de que ya te he hablado de esto, quizás me estoy repitiendo, pero me da igual. De algún modo tendré que calmar la angustia de esperar una respuesta. ¿Te habré perdido para siempre? Para siempre. Qué extrañas son esas dos palabras.

Doy una última calada y me olvido de la sesión de análisis. Aplasto el cigarro en el cenicero metálico que hay en la entrada del edificio y regreso a la sala de espera. El truco del paquete de pañuelos ha funcionado. Me siento en la misma silla de plástico blanco y sigo pensando en ti. No puedes irte ahora, cabrón. Después de todo el trabajo que he hecho con mi psicoanalista, de entenderme y de entenderte, de que te diera por perdido y aceptara tu libertad, de que volvieras a por mí más tarde. ¿Cómo voy a perderte después de todo eso? ¿Cómo es posible que sea este nuestro final después de estos siete meses tan desenfrenados? Digas lo que digas, nadie te come la polla mejor que yo.

No quiero perderte.

No podría soportarlo.

H

Maricón de mierda, maricón hijo de puta, mierda de maricón. ¿Te suenan esas expresiones?, dice el hombre que lo vigila y, al no recibir respuesta, vuelve a darle un puntapié. Varias escamas se desprenden de la piel y caen al suelo. Hay imágenes procedentes de Barcelona, Valencia y Madrid, también de otras ciudades. De otros lugares del país más pequeños tenemos el testimonio de uno o varios testigos. ¿No piensas decir nada?

Una nueva patada.

Más escamas en el suelo.

¿Qué eres?, le pregunta y amenaza con volver a golpearlo. El hombre sabandija se retuerce, expone la lengua bífida para oler al agresor. Sabe que no tiene escapatoria, que atacar sería inútil. Cierra los ojos y oye la voz del padre mientras le colocan unas esposas y lo trasladan a otra habitación. Desde que fue detenido, solo se ha dedicado a hacer eso, a recordar su propia transformación mientras repetía las palabras paternas. La voz del padre que nunca deja de escucharse en el interior de la cabeza anfibia.

Ahorcados. Todos los maricones deberían estar ahorcados, dice el padre.

VIII

El amante español se pone de pie. Se encara al turista, que ahora tiene la apariencia de un novio celoso. Y, aunque sospecha lo que está ocurriendo entre los dos, el orgullo herido por el insulto lo orienta a la lucha, al enfrentamiento. *Such a whore*, ha dicho después de que le haya chupado la polla en dos ocasiones esa misma tarde. Puto imbécil, piensa.

—Oye, ¿qué te pasa? ¿Por qué me llamas puta? Los dos estamos haciendo lo mismo —protesta, pero logra comprenderlo: ha presumido de libertad frente al reo y la espuma de un oleaje envidioso le ha salpicado en la cara.

—Es frustrante —dice el hombre del este.

—¿Qué es frustrante?

—Mi vida. Mi vida es muy frustrante. A mí sí que me gustaría tener una relación seria con un hombre, tener la posibilidad de amarlo, aunque sea a escondidas, pero no puedo. Y es irónico, tú puedes tenerla y aquí estás, mírate, has terminado de acostarte con un desconocido porque prefieres divertirte, ¿no? Necesitas un cuerpo nuevo para no aburrirte. Que te jodan.

—Si tú hubieras nacido aquí, igual también habrías hecho lo mismo que yo. Te lo dije antes: queremos lo que no tenemos. Mira, lo hemos pasado bien, no quiero acabar enfadado. Así que relájate.

—De acuerdo. Olvida lo que te dije.

—No hay problema.

—Aunque, ¿sabes qué? Lo peor de todo es que tú tienes la posibilidad de estar con una mujer sin fingir, ¿Por qué no tienes una esposa? Si es verdad eso de que eres bisexual, podrías hacerlo. Todo es más fácil con una mujer. Por ejemplo, el matrimonio. O los hijos.

—Aquí podemos casarnos. Los hombres podemos casarnos entre nosotros. También podemos adoptar.

—Cierto. Pero ya sabes lo que quiero decir.

—Sí, ya lo sé.

—¿Y qué ocurre con tu novio?

—No llevamos mucho tiempo, te lo he dicho. Siete meses. Él se enamoró demasiado rápido, después de un fin de semana juntos —explica mientras recoge la ropa del suelo y comienza a vestirse.

—¿Y dónde está el problema?

—El problema está en que yo no tengo claro que quiera una relación tradicional ahora mismo, ya te lo he dicho también, quiero divertirme con más personas, como he hecho esta tarde contigo. Él no lo entiende. Es un tío, cómo decirlo, intenso. Me mandó un mensaje muy dramático ayer, después de discutir.

—¿Un mensaje muy dramático?

—Sí, pero olvídalo, prefiero no hablar de eso. Es un tema que me aburre. Estoy cansado de tanto drama. La vida está para disfrutar. ¿Quieres que vayamos juntos al parque del que te he hablado o no?

—Sí, me gusta la idea, pero dime qué ponía en ese mensaje. Ahora tengo curiosidad.

—La curiosidad mató al gato, ¿recuerdas?

—Sí, lo recuerdo, pero alcanzado este punto de confesiones, no creo que te parezca un gran problema que me lo cuentes. ¿Qué decía tu novio en ese mensaje?

—Que había conseguido destruirlo con solo siete palabras. ¿No te parece un poco exagerado?

—¿Y cuáles fueron esas siete palabras?

—Si te digo la verdad, no lo recuerdo bien.

—Mentiroso. No eres capaz ni de ocultar la sonrisa diabólica que tienes ahora mismo en la cara.

—Solo fui sincero con él, pero ahora resulta que, joder, si eres claro, te conviertes en un cabrón y en un chulo. Bueno, ¿listo entonces para ir al parque?

—Venga ya, tío, después de hoy no vas a volver a verme, quiero saber qué siete palabras pueden destruir a un hombre como tu novio. ¿Qué le dijiste?

—Testarudo, ¿eh?

—Mucho.

—Te lo digo si me la comes cuando estemos ahí fuera.

—¿Dónde?

—En el puto parque al que no sé si vamos a llegar hoy o mañana si seguimos con esta charla aburrida. Si me la chupas allí, te lo digo.

—Ni lo sueñes. Venga, ¿cuáles fueron esas siete palabras?

—Me he cansado de follarte la garganta. Esas fueron. Tampoco es para tanto, ¿no?

9

No quisimos ser soldados. Pero aquí estoy, en esta silla barata de plástico blanco, a la espera de una respuesta que me confirme que tú lo fuiste, que, aunque la mayoría de nosotros nunca ha querido serlo, ayer te colocaste la armadura y plantaste cara al enemigo como el mejor combatiente. ¿Te has defendido bien, mi niño? Dime que sí, que te has convertido en el guerrero que sobrevive a la batalla. Qué vida esta. Nos obligan a serlo, sí, pero no quisimos ser soldados. ¿Sabes qué? Te perdono las siete palabras. No puedo responsabilizar a nadie del lugar que ocupo a tu lado. ¿Qué puedo hacer si te has cansado de follarme la garganta? Me destruiste al decirme algo así, eso es innegable, pero ahora lo principal es que este no sea el final de nuestra historia, que podamos seguir discutiendo los términos de nuestra relación.

Oigo pasos, ahí viene el médico.

Él me dará una respuesta.

Él me hablará de ti.

Me levanto.

Me acerco a él.

No quisimos ser soldados.

—Dígame cómo está, por favor —pregunta la voz que habla y, mientras tanto, otra que calla, pero que reside en la misma garganta, en mi garganta, repite las palabras: no quisimos ser soldados. No quiero perderte. No puedo perderte.

—¿Es usted familiar del paciente?

—Soy su pareja, he sido el primero en llegar. Sus padres están en camino. Llevo horas aquí esperando. Por favor, dígame, ¿cómo está? —insisto.

—No hay una parte de su cuerpo que no esté magullada. Una montaña de contusiones, hematomas y huesos rotos. Nunca había visto algo tan salvaje.

—Pero, por Dios, ¿qué le han hecho?

—Un jardinero lo ha encontrado esta mañana en un parque de la ciudad, en una zona que suelen frecuentar hombres que buscan encuentros sexuales con otros hombres. Estaba en el suelo, muy grave, apenas con vida, y a su alrededor había escamas.

—¿Escamas? ¿Cómo que a su alrededor había escamas? ¿De qué está hablando?

—Sí, es como si hubiera peleado con un dragón. Se lo repito: nunca he visto algo así. Un cuerpo tan torturado que cuesta creer que siga respirando.

—No, no es posible, no me lo puedo creer, pero ¿qué le han hecho? ¡Dígamelo!

—No puedo darle más información por el momento. Han detenido a una criatura.

—¿A una criatura? ¿Qué quiere decir? Esto que me está diciendo no tiene sentido.

—Sí, una criatura que en los últimos años se ha dejado ver con mayor frecuencia por todo el país. Ni tan siquiera yo sé de lo que hablo. Lo siento. Solo sé que su cuerpo está molido a golpes, como si lo hubieran...

—¡Pare! No quiero seguir escuchándolo, ¿nunca se terminan los golpes?

—Los golpes siguen.

—No quisimos ser soldados.

—¿Cómo?

—Que no quisimos ser soldados. ¿Por qué nuestro cuerpo tiene que estar preparado para esta guerra?

—Todavía hay personas que os odian y además hay otras que alimentan el fuego de ese odio con el poder del que disponen: el poder de su discurso. Es la batalla de siempre.

—No soportan la libertad con la que usamos nuestro cuerpo, nuestro sexo, ¡es eso! Ni la intensidad con la que nos enamoramos y amamos, ¿verdad? No soportan tampoco que seamos dueños de nuestro placer. No soportan lo que somos.

—Es posible que haya algo de eso en el odio.

—Dígame solo una cosa más. ¿Su cuerpo resistirá? ¿Va a seguir vivo?

—Sigue vivo. Su cuerpo resiste. No quisisteis ser soldados, pero resistís como si lo fuerais.

I

El hombre reptil se ovilla en un rincón de la nueva habitación en la que está encerrado, en la comisaría. Le duele la cabeza, no entiende las palabras con las que se dirigen a él los individuos de uniforme que lo han capturado y esposado. Quizás se deba a que ya solo comprende el lenguaje paterno, ese fantasma que le habla sin cesar.

A medida que recuerda la voz del padre, las escamas que ha perdido en el camino —en la lucha— se regeneran y vuelven a cubrirle la piel con el vocabulario del odio. Se concentra en curarse, en reparar la cobertura reptiliana, cuando de nuevo se hace presente la figura que lo interroga y golpea con la punta del pie cuando no responde. Si pudiera, le arrancaría la garganta de un mordisco.

—Hay algo que no comprendemos de tu naturaleza, de tu carácter ubicuo y polimorfo. Quizás puedas arrojar luz si te dignas a hablar. ¿Cómo eres capaz de adquirir formas tan diversas, de multiplicarte o dividirte, y de moverte con tanta rapidez por el territorio? Voy a leerte una síntesis de lo que has hecho en los últimos siete meses al hombre que desea y ama de una forma distinta a la tuya. Allá voy:

»Trece personas, nueve menores y cuatro mayores de edad, le rompieron el tabique nasal, el pómulo y el fémur en Alicante. En Jaén, seis jóvenes lo arrojaron a una fuente, le lanzaron bebidas y llegaron a orinarse en él. En Petrer, dos jóvenes lo amenazaron con una navaja, solo tenía diecisiete años, uno lo cogió de los hombros por la espalda mientras el otro le puso el filo del arma en el abdomen. Te vamos a matar, maricón hijo de puta, dijeron. En Barcelona fue apaleado por un chaval de diecinueve años que contó con la ayuda de un cómplice. En la misma ciudad, otra agresión le hizo perder casi todos los dientes. Unas horas antes, volvieron a pegarle en otra zona de la ciudad, cerca del auditorio de Barcelona, por ser un maricón de mierda. Mismo grito que recibió en un chiringuito onubense, estaba trabajando cuando un compañero le propinó varias patadas y puñetazos. Si es que no eres un hombre, oyó también en algún momento que le decía. En Basauri, acabó en el hospital con moratones por todo el cuerpo. Golpes, puñetazos, patadas y empujones. Doce personas terminaron por dejarlo inconsciente en el suelo y sangrando por la boca y la nariz. En los jardines del Turia, en Valencia, estaba besándose con otro chico y un tipo le dijo que en España los hombres no hacen estas cosas; después le dio un guantazo en la cara y le rompió la nariz de un puñetazo. En la misma ciudad, varios tipos le dejaron magulladuras y un labio hinchado después de darle varios golpes en la cabeza. De nuevo en Barcelona, en el Park Güell, le dieron también varios golpes y le robaron la cartera. En Málaga, un cabezazo en la cara. En Coruña, un hombre se abalanzó sobre él y su acompañante y empezó a golpearlos con una porra extensible. En la Puerta del Sol, epicentro de la ciudad libre, un hombre intentó ahogarlo por maricón. Un mes antes, en el metro madrileño, un tipo se sentó frente a él y le gritó que era un maricón de mierda y un hijo de puta. Le destrozó las gafas y le produjo varios cortes en el pómulo y la mejilla. En Badajoz lo acosaron, zarandearon y empujaron. Todo empezó con insultos desde un coche en el que viajaban varios menores. En el Raval, en Barcelona, lo persiguieron, insultaron y amenazaron. También iba con otro hombre en ese momento. En Vilagarcía de Arousa se llevó otra paliza por decir que era gay. En el paseo marítimo de Castell de Ferro, en Granada, dos tíos se le acercaron quejándose de que había mucho maricón por la zona; a continuación, se lanzaron sobre él y lo empujaron. Tras el golpe contra un muro, no pudo recordar nada más. En León también iba acompañado cuando fue perseguido y golpeado. Acabó en el suelo tras la persecución, pero el ataque se frenó porque se topó con otras personas por la calle. En Salamanca, llevaba una bandera arcoíris y eso provocó el enfrentamiento. Varios jóvenes lo golpearon y uno de los agresores se bajó los pantalones mientras se dirigía a él en tono humillante. En Mallorca, su hermano le dijo un día que todos los maricones son iguales y que les pegaría un tiro. Al parecer, llevaba años aguantando vejaciones familiares y el padre llegó a sujetarlo para que el hermano mayor se empleara bien en él. En Logroño se libró, pero seis chavales lo siguieron mientras se burlaban de él y lo insultaban. Puto maricón. Comepollas. Mariquita. Ojalá te atragantes con una polla. Aquí tuvo suerte, no le rompieron nada. De vuelta en Madrid, eso sí que fue peor. Le pegaron con una porra, eran conocidos. No chilles, maricón de mierda, aguanta como un hombre, le dijeron mientras le dejaban el cuerpo lleno de hematomas. Esto no es nada para lo que te espera, pégale más, que es un maricón menos, dijeron también. De esa salió gracias a los vecinos. En Oviedo, golpes en la cabeza y en el cuello por parte de tres hombres. Muy cerca, en Pola de Siero, los golpes le produjeron heridas en un ojo. ¿Te atreves a adivinar qué insulto acompañó la agresión? Sí, el de siempre: maricón de mierda. Hay más, muchas más. También tengo una amplia lista en la que las víctimas fueron personas transexuales, lesbianas o con otras identidades del colectivo. Podría enumerártelas también, pero se nos iría el día. Así que permíteme dar un salto a la última que registramos ayer. Pedradas y una paliza casi mortal en un parque de la ciudad. En la mayoría de los casos sabemos que has sido tú porque las escamas que pierdes en cada agresión quedan en la víctima o cerca de ella. Recogí varias en el parque. Todas están hechas de las mismas palabras, de la misma inquina. Por eso eres fácil de reconocer. Mira, llevo una en el bolsillo. Te la voy a mostrar de cerca, ¿puedes leer lo que dice?

—Conozco cada palabra del padre en la distancia. No es necesario que te acerques.

—Y bien, ¿qué puede leerse en esta escama?

—Te voy a matar, maricón de mierda.

IX

El amante georgiano espera en una silla de plástico gris del aeropuerto. Se ha quitado la alianza y la gira entre los dedos. No está decidido a hacerlo, le falta valor y le sobra miedo, pero fantasea con la idea de lograrlo. Oscila como un péndulo entre dos vidas posibles y, cuando circula en el terreno de la homofilia, realidad a la que podría acercarse con un movimiento de ruptura, siente que se inicia una erección bajo la tela del traje de ejecutivo que lleva puesto.

Las palabras del amante español lo persiguen como un enjambre furioso. Buscar trabajo en otro país y empezar una nueva vida, dijo. ¿De verdad puede reunir el coraje suficiente para hacer un cambio tan radical? Tiembla tan solo con pensarlo. Dispone de unos pequeños ahorros, sabe idiomas, siempre podría inventarse que se ha enamorado de una española, que ha perdido la cabeza por ella. Sus padres no lo entenderían, tampoco el resto de la familia. Un momento, se dice. Para qué llevar a cabo tanto esfuerzo si después el amor es tan perverso, tan escurridizo. ¿Dejarlo todo por la posibilidad del amor de un hombre y que después, una mañana cualquiera, te diga que necesita comerse una polla distinta a la tuya? Los hombres somos asquerosos, piensa. Se enfada al recordar al amante español.

Enfurece al recuperar de la memoria las siete palabras que tanto hirieron al novio. Egoísta, piensa. Un hombre que lo quiere todo, dice.

Los últimos minutos con él en el parque fueron extraños, algo inquietantes. Un chico joven estaba arrodillado frente a los dos, ya era tarde, y la escena de la doble felación le resultó tan excitante que tardó muy poco en eyacular. Segundos después, la vergüenza —horror a lo que se es— y la culpa —horror a lo que se hacía— se apoderaron de él en una oleada que lo agitó y lo obligó a la huida. Fue entonces cuando se cruzó con alguien —o con algo— que casi lo derriba al pasar por su lado. Notó escozor en el cuello, una sensación que perdura ahora que está en el aeropuerto. El recuerdo provoca que se acaricie esa parte del cuerpo y algo se desprende de la piel. El reflejo prensil de los dedos permite capturar un objeto extraño. Lo coloca ante sus ojos. Es una escama. Una escama de lenguaje. Oye la voz del padre. Sé lo que eres, deberían cortarte el cuello, maricón, dice. Se asusta, chasquea los dedos y se desprende del resto de piel.

Se levanta, tira del asa telescópica de la maleta de mano y la coloca a una altura que le resulta cómoda. A continuación, se adentra en una cinta transportadora y observa a las personas que tiene a su alrededor mientras se desplaza por la terminal. Todavía está a tiempo de darse la vuelta hacia la libertad del deseo. No todos los hombres tienen que ser como el amante español, se dice. Quizás no todos los gais están inmersos en la dinámica de comerse una polla distinta cada fin de semana. Debe de quedar un lugar, aunque sea muy pequeño, para el amor en el deseo del hombre homosexual. Sí, debería ser así, se dice. Y cae en la cuenta de que tampoco debería juzgarlos, que él mismo ha buscado sexo de una forma descontrolada durante la estancia en el país.

Me estoy comportando como un juez cuando quizás yo no esté hecho de una pasta distinta, reflexiona.

Suspira. Sale de la cinta, se aparta y permanece inmóvil en mitad del aeropuerto. Le suda la frente y se le tiñen de rojo las mejillas. Le delatan los pensamientos de libertad. ¿Se atreverá a no volver a casa? Se acaricia el cuello, también esa parte de su cuerpo transpira. Se observa la palma de la mano. Algo brilla en el centro, algo se adhiere a la piel gracias a la humedad, al sudor. Se trata de otra escama de la criatura con la que chocó en el bosque, la que le arañó el cuello. Forma una pinza con el índice y el pulgar y la sostiene entre los dedos. La observa con atención. Hay algo escrito en ella y sus labios tiemblan al reconocer las palabras. ¿Cómo es posible que algo así esté escrito en ese fragmento de epidermis reptiliana?

La megafonía del aeropuerto anuncia el inicio del embarque del vuelo que debe tomar para regresar al único orden permitido. Se pone de pie, se sacude el traje. La última escama se desprende de su mano y cae al suelo. Bienvenido a casa, dirá la prometida. Bienvenido a casa.

La noche del 1 de julio de 2023 —año y medio después de terminar la escritura de *No quisimos ser soldados*—, en la localidad de Albaida (Valencia), un hombre escaló hasta el balcón del ayuntamiento y arrancó dos banderas LGTBI. Además, colocó la de la dictadura franquista en la zona de los mástiles donde cuelgan las enseñas oficiales del consistorio. Georgia podría no quedar tan lejos.

ÍNDICE

No quisimos ser soldados
de Francisco Javier Olivas,
compuesto con tipos Montserrat
en créditos y portadillas,
y DGP en el resto de las tripas,
bajo el cuidado de Daniel Vera,
se terminó de imprimir
el 17 de octubre de 2024.
Ese mismo día de 1815,
en el océano Atlántico Sur,
Napoleón Bonaparte llega desterrado
a la isla de Santa Helena.

LAUS DEO